GONG LIU WENCUN
SHIGE JUAN

诗歌卷（四）

公刘文存

公刘 著　刘粹 编

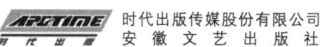

时代出版传媒股份有限公司
安徽文艺出版社

图书在版编目（CIP）数据

公刘文存.诗歌卷：全4册/公刘著；刘粹编.—合肥：安徽文艺出版社，2018.6
ISBN 978-7-5396-5874-2

Ⅰ.①公… Ⅱ.①公… ②刘… Ⅲ.①中国文学－当代文学－作品综合集②诗集－中国－当代 Ⅳ.①I217.2

中国版本图书馆CIP数据核字(2018)第054498号

出 版 人：朱寒冬　　　　　　　特约策划：万直纯
选题策划：朱寒冬　岑　杰　　　丛书统筹：岑　杰
本册责编：周　康　　　　　　　装帧设计：张诚鑫

出版发行：时代出版传媒股份有限公司　www.press-mart.com
　　　　　安徽文艺出版社　www.awpub.com
地　　址：合肥市翡翠路1118号　　邮政编码：230071
营 销 部：(0551)63533889
印　　制：安徽新华印刷股份有限公司　　(0551)65859551

开本：700×1000　1/16　印张：321　本册字数：390千字
版次：2018年6月第1版　2018年6月第1次印刷
定价：880.00元(全9册，精装)

（如发现印装质量问题，影响阅读，请与出版社联系调换）

版权所有，侵权必究

目 录

001 / 谁曾听见过那声音

002 / 浮　岛

004 / 茶色玻璃意象群

006 / 眼下真的到了深秋时光……

007 / 岳麓书院（一）

008 / 岳麓书院（二）

009 / 马王堆

011 / 岳阳楼

013 / 登君山哭洞庭

014 / 柳毅井

015 / 斑　竹

016 / 屈子祠

018 / 题黔阳芙蓉楼

019 / 过芷江受降坊

021 / 勐峒河上的七只天鹅

023 / 湘　西

024 / 张家界

025 / 索溪峪

026 / 爱晚亭

027 / 谒黄兴蔡锷墓

028 / 在我的手掌上……

029 / 沉　默

030 / 解　体

033 / 人　质

035 / 世纪末

036 / 钙

038 / 同星星对话

039 / 羊年问答

040 / 致青杏

042 / 有　怀

043 / 大树长在山里……

044 / 没有对手

045 / 浏阳四首

　　045 / 小小苍坊村

　　045 / 窄窄的乡村公路

046 / 谁不知道浏阳花炮

046 / 时间效应

048 / **不二门抱膝吟**

050 / **沅　陵（一）**

051 / **沅　陵（二）**

052 / **湖南驴子**

053 / **歌唱石头**

054 / **背　影**

056 / **凤　凰**

058 / **梦苍山**

060 / **吉祥痣**

061 / **负沉默**

062 / **致鲁迅先生**

063 / **祝《小朋友》长寿**

064 / **煤炭们**

065 / **红与黑**

066 / **隔着冥河（组诗三首）**

066 / 和《文化大革命》

066 / 和《未来》

067 / 读《想到我会死在中国》

070 / 九寨沟脉络（组诗十二首）

　　070 / 白　马

　　072 / 在原始森林边缘，有一座鞍鞯棚

　　073 / 泥·水·人·仙

　　074 / 长海和雪山

　　075 / 五色经幡

　　078 / 彳亍密林，吊唁一株死因不明的银桦

　　079 / 被掘翻了的老树苑

　　081 / 藏　女

　　081 / 江之源

　　082 / 福地偈语

　　083 / 与出租藏服，供人留影的摊主擦身而过时
　　　　　望见袭来的一朵疑云

　　084 / 密宗珍珠滩

086 / 今日雨花石

088 / 诗到语言为止？……

089 / 我在同谷唱的七支和歌

094 / 苏子三贴（组诗）

　　094 / 东　坡

　　096 / 西　湖

　　098 / 朝云墓

099 / **岭南行脚（组诗十一首）**

  099 / 门外弟子

  0100 / 从化温泉

  100 / 罗浮传说

  102 / 冲虚古观留影

  103 / 望西樵

  103 / 眼睛与矿泉水瓶

  104 / 黑凤蝶

  105 / 南海与北海

  107 / 陈家祠堂

  107 / 塞　车

  108 / 绿羊尾

110 / **流　浪**

111 / **时间的皮肤**

113 / **大海、浪潮以及泡沫**

114 / **黄山外围（组诗五首）**

  114 / 昱

  114 / 百丈泉

  115 / 初探桃花溪

  115 / 人字瀑

  116 / 干涸的人字瀑

117 / 五种集中的方式及其过程（组诗五首）

  117 / 芭蕾是怎样集中的?

  118 / 一指禅是怎样集中的?

  119 / 诗是怎样集中的?

  119 / 民主是怎样集中的?

  120 / 0 是怎样集中的?

122 / 自寿五章（组诗）

  122 / 拒　绝

  123 / 冷　藏

  124 / 病中吟

  125 / 羊　水

  126 / 外面的世界

128 / 最后的代食品

131 / 死亡契约

134 / 三虫吟

135 / 西部蒙古（组诗十九首）

  135 / 鹰王巡狩

  135 / 鹰王神课

  136 / 蒙古褶

  136 / 铁　花

  137 / 蒙古斑

138 / 荞麦地

138 / 向云雀介绍戴胜

139 / 蘑　菇

139 / 大爆破

140 / 听　歌

140 / 马头琴

141 / 王嬙当年

141 / 唐诗转世灵童

142 / 酒　歌

142 / 投石问路

143 / 五当召

143 / 拜访包音贺喜格

144 / 达尔罕篝火

144 / 鹰王寓言

146 / **大病初愈，读许以祺摄影作品《天葬台》**

147 / **星星是我们辉煌的诗行**

148 / **距离：从蒙垢到雪耻**

149 / **城墙上的谷浆树**

150 / **银发颂**

151 / **蝴蝶与贝壳**

152 / **心羁三亚**

153 / 水果系列（组诗五首）

  153 / 苹　果

  154 / 香　蕉

  154 / 脐　橙

  155 / 荔　枝

  159 / 水果刀

161 / 枯叶蝶

162 / 石头档案（组诗八首）

  162 / 墓　石

  162 / 独脚人之石

  163 / 干河槽之石

  165 / 圆明园燧石

  165 / 别一种顽石

  166 / 绝句：花岗岩变成了残忍的石料

  166 / 法利赛之石

  169 / 石人石马轶事

170 / 姑苏画外音（组诗八首）

  170 / 园林夜思

  170 / 沧浪亭

  171 / 盘门小曲

  172 / 笺致唐诗人张继先生

173 / 钟声遐想

174 / 玄妙观谒本命尊神有感

175 / 无虎的虎丘

176 / 三千剑传奇

178 / 红玫瑰小集（组诗八首）

178 / 闰八月

179 / 咏腊月二十九夜瑞雪

179 / 七朵红玫瑰

180 / 舍　利

　　　游　戏(存目)

181 / 一种心情

181 / 还是那一种心情

182 / 三月已老

183 / 卧病，叹咏丝绸本《孙子兵法》

184 / 暮年两章

184 / 这将是另一个无名无姓的我自己

184 / 它拥有千百万永远不死的钟子期

185 / 青　烟

186 / 夕阳和减法

188 / 此　生

192 / 天堂心

196 / **生命的大诗**

197 / **不是没有我不肯坐的火车**

  198 /［原诗］:没有我不肯坐的火车

（以下两首诗为长诗）

200 / **望夫云**

246 / **尹灵芝**

附录

367 / **阿诗玛**

448 / **电影《孔雀飞来阿佤山》插曲歌词十首**

458 / **唐诗今译十六首**

谁曾听见过那声音

日落了
谁曾听见过那声音
月落了
谁曾听见过那声音
站着的坐着的躺着的走着的跑着的铐着的怒目圆睁的咬牙切
　齿的躬身躲藏的
都像风中的木叶
落了,落了,全落了
可谁又曾听见过那声音
——除却我这颗琴弦一般
猝然绷断的
心

1989—1990 年

浮　　岛

大街上遗聚一摊鲜血
泡着
一名弃婴

那便是浮岛了
托生尘世的观世音

你看,他可是金刚不坏身
化作十化作百化作千化作万化作亿兆
　　　　　　化作黄河沙大漠尘
你再看,那白莲青莲粉莲红莲
开在东开在西开在南开在北
　　　　　　　　开在人心

我乃远远瞭见了
于茫无涯际之中
砰的一声　爆响一粒明星
　　　　　　　　洞
　　　　　　穿
　　　　彤
云
有如太阳之耀斑

火焰流布虎豹纹

浮岛回归
英气逼人
我们列队站在岸边齐声呼唤
这个昵称
这缕亲情——
新昆仑的乳名

大慈大悲观世音
最最最男性

1990年4—8月

茶色玻璃意象群

每当我在国外旅行,
看到茶色玻璃,
便如闻熟稔乡音,
而且立即出现
病　理　反　应,
胃壁和肠道砰砰龟裂,
特大灾害!五千年的旱情!
口渴,思饮——
当然是茶了!
绝不会去选择
可乐、咖啡、橙汁或者香槟。

一盅在手,
呵气成云,
小小脑海
翻搅起
有来由没来由的大大潮汛,
譬如,究竟
因了什么恰好派定
那位大名鼎鼎的古贤
撰写盖世无双的《茶经》?
况复偏偏他姓栽茶时的陆,

况复偏偏他名喝茶时的羽,
真个是——
言有尽而意无穷!
莫非香茗薰薰,
自寓清纯天性,
能教人抛却凡尘,白日飞升?
再细看那百十种银芒青针,
乱纷纷
显不同身手姿态凫水游泳:
雀之舌,
鱼之睛,
鹰之喙,
蝶之吻,
无不呈现造化之神功异禀!

诚然,也有某些场面煞风景,
简直令人触目伤心,
十里长街之上
进口轿车狂奔:
车窗是茶色玻璃,
窗帘是茶色丝巾,
茶色软垫,支着
茶色眼镜,
宛如双筒重机枪,一挺挺
来来回回,射杀的
净是种茶人!

眼下真的到了深秋时光……

眼下真的到了深秋时光,
树木凋零,风声透着冰凉,
历历可数的几匹残叶,
也写满了厚厚的苦霜……

这一层宫粉虽然晶亮异常,
却掩盖不住暗红的无名忧伤,
宛如结核病患者双颊的晚潮,
喧哗的尽是凶险,而非吉祥。

1990 年 10 月 20 日　合肥

岳麓书院（一）

任谁来在您跟前
也无法不闭上眼
忍看这庭院石阶墙檐瓦楞之间
那顽韧的草叶儿
回黄转绿，年复一年
共风声雨声读书声
生长　蔓延

不是佛寺，不是道观
偏牢牢吸定了这许多信女善男
一颗颗心房齐发颤——
血红的穹隆下面
跌宕着
悲愤辛酸的人世波澜
人世波澜的悲愤辛酸

1990 年 11 月 9 日　长沙

岳麓书院(二)

代代弦歌书声
重重粉墙青瓦
五百年炼就浩然气
绕梁三匝
鬼不能欺
神不能压

参天古木
满腹经纶一句话
知虽无涯
生却有涯
倘不用之于人世
何以将天地报答

1990 年 11 月 9 日　长沙

马 王 堆

某一处有待发掘的墓葬
我清楚,它比马王堆更马王堆
某一具有待解剖的僵尸
我稔熟,它比辛追更辛追——
更骇人的一只眼睁,一只眼闭
更怪异的龇牙咧嘴,游丝吐息
那些远比甜瓜子儿更甜蜜的东西
也更为隐蔽更难分类更难统计
当然也无数倍于138有1/2粒①

几乎同样是在吞下这一切之后猝然死去
几乎同样是由于暴病
几乎同样又不曾咽气
任何人只要给它注射一针吗啡
它立刻便会踢破棺材板
颤巍巍地重新站立
而且立刻开动习惯性的吆喝机
命令殉葬的男奴女婢
再跪献一尾鲜美的长沙鱼

---

① 根据湖南省博物馆马王堆出土文物展览说明,西汉长沙国丞相轪侯利仓之妻辛追,其尸体经解剖后,发现胃囊中还有完整的138粒半甜瓜子。这表明她是在饕餮大嚼不久后,突然死亡的。

再供奉一只富丽的"幸饮酒"杯

同时伴之以琴瑟竽笛

同时护之以各色兵器……

它就躺在我的卧榻旁

教我怎么能安睡

1990年11月10日　长沙

岳 阳 楼

先天下之忧而忧
后天下之乐而乐

——范仲淹

哈,弄颠倒了,先后次序失当
白白糟蹋了一篇千古文章——
都怨您不愿忙里偷闲,听一听
虽洞庭波撼犹鼾声大作的岳阳

我记得,延安清凉山上
摩崖之中您留有诗碑一方①
豪气如黄河的排空巨浪
穹隆欲倾强撑了一擎栋梁

如今我自认您的后代(小子狂妄)
为了校勘笔误,专程登楼寻访
迎面却撞着了大字一行
禁——止——照——相

---

① 清凉山上诗湾碑林中,篆有宋代诗人、文学家、名臣范仲淹五十二岁奉旨驻节陕北,以备西夏兵患时作于延安的《渔家傲》一阕。全词如下:塞下秋来风景异,衡阳雁去无留意。四面边声连角起,千嶂里,长烟落日孤城闭。浊酒一杯家万里,燕然未勒归无计。羌管悠悠霜满地,人不寐,将军白发征夫泪。

连摄影都不许,其他不难想象

不许哭,不许绽露愁肠

更不许跳楼——

既不许清醒,也不许疯狂

1990年11月15日　岳阳

登君山哭洞庭

银盘呢？银盘已被他打破

碧螺呢？碧螺偷换作钉螺

他厌恶清澈

他嗜爱污浊

他反对温润

他制造焦涸

他是三千年不过的孽障

他是五千年难逢的妖魔

他叫么子名字

我不敢说

1990 年 11 月 15 日　洞庭湖·君山

柳　毅　井

谁说这口井连接龙宫蓬莱

错了！它只不过直通人的心海

于一泓幽静之底层

激扬起无声的澎湃——

唯愿世上的爱

都有自己诚笃可靠的信差

1990 年 11 月 16 日　洞庭湖·君山

斑　竹
——吊二妃墓

女士们何必哀哭

泪弹如喷酸雨

一阵阵误伤些斑竹

可依旧解救不了

九嶷山头青筋赤足的羞辱与孤独

果真是弥天大雾

美丽的谎言

笼罩了所有深殿高阁的藏书

虞夏之交，几曾有过什么禅让

政变而已！继之以恶狠狠地放逐

1990 年 11 月 16 日　君山

屈 子 祠

朋友俩订了个二千三百年的约会
小朋友是我
大朋友是你

我牢牢牢牢恪守着神圣日期
来在这萧索斑驳的古祠寻觅
可你　又去了哪里？
到底是什么物质或者超物质
胆敢湮没你的记忆
　　你的承诺
　　你的情谊

进山,我追山鬼
涉水,我捉神龟
尽管汨罗江畔的鹅卵石
早已被打磨得圆滑无比
我照样毫不含糊
一颗颗拷问仔细

有白发长老对我唏嘘
说　你已经走了,走了,永不再回
那走的姿势正如你的姓氏:屈

我当然不相信我的耳朵

我的心甚至提出了抗议,因为

即便像我这等万分万分的卑微

简直卑微得不值一提

我也决心活下去

倘若把我换作你

我发誓　耐心看到底

看楚怀王和令尹子椒

怎样被迫曝光他们各自的隐秘

1990 年 11 月 16—17 日　汨罗

题黔阳芙蓉楼

> 我寄愁心与明月
> 随君直到夜郎西
>
> ——李白

夜郎究竟在哪里?
这是个需要考证的问题
必须首先确定它的疆域
才能理解何所谓西
不过,唯独虫蛇、瘴气、瘟疫
以及被其重重包围于
玉壶中的那片冰心
自古至今,没有争议
着实令人欣慰

1990 年 11 月 22 日　黔阳道上

过芷江受降坊

云沉沉，野茫茫

斜风吹雨入愁肠

入愁肠，出泪眶

闻道车抵受降坊

冷冰冰四截石柱

孤零零一座板房

多少万血肉之躯

写下这笔糊涂账？

败固惨，胜亦惨

胜败百姓都一样

五十年间兴废事

话到沧桑费思量……

冈村改姓作石原①

恶狼传宗换刁狼

---

① 1945年，日本昭和天皇宣布向同盟国无条件投降。同年8月21日下午3时20分，侵华派遣军参谋长今井武夫一行三人，奉其总司令冈村宁次之命，在湖南芷江开始与中国政府谈判所谓停火事宜。不到半个世纪，日本自民党籍众议院议员石原慎太郎竟公然一再胡说什么南京大屠杀是中国人编造的离奇神话，实属猖狂已极。

宽袍大袖和服内——

罩的依旧是军装

1990年11月23日　芷江

勐峒河上的七只天鹅

蛇一般冷森森的阴河
七七四十九道豁
悄没声息
溺毙于这深不可测

潭边钟乳浇铸的陡坡
栖息着倦舞的一群
白天鹅
　　　白天鹅
白天鹅
　　　白天鹅
白天鹅
　　　白天鹅
白天鹅
七重无告的喑哑
七重幽冥的美丽
七重亘古的寂寞

天上地下
鬼魅们来此聚合
狂暴地
燃起了一堆

肉眼看不见的火
它们还顶礼膜拜呢
反反复复
唱一支我听不懂记不牢学不会的歌

        1990 年 11 月 30 日　勐峒河王村

湘　西

你是苗家

他是土家

我，大概算是汉家

什么长长短短

什么恩恩怨怨

断发纹身的日子

可不早就是一家

快攀登嘴角的皱壁

摘那朵最灿烂的微笑吧

我给你戴

你给他戴

他给我戴

不兴断发纹身了

戴花的就是一家

1990 年 11—12 月

张　家　界

何不从此公开
宣布将姓氏更改
直截了当,干脆
唤您一千声仙家界
我猜,所有无尘无垢的骨头都会奔来
争做您的后代

我祈求您钟爱
以一丁点儿灵秀一丁点儿神采
同时又允许我
保留自己的顽固姿态——
然后,再厕身于这群峰笔立的
前哨头排

1990 年 12 月 1 日　张家界

索 溪 峪

读上一遍索溪峪
山山水水
都是绝妙诗句
似这等精心佳构
出自哪家大手笔

探源穷尽云深处
蓦回首
竟与迦叶相遇
尊者但拈花微笑
不言语

1990 年 12 月 2 日　索溪峪

爱晚亭

熬到了这一把年纪
的确也需要一座爱晚亭
且让我策杖前去
坐看霜燃枫林
坐看天火余烬
然后变小，变小
回归童年髫龄
半是淘气，半是惊心
似闭非闭欲张未张的眼睛
偷觑那
周遭渊默、凛然逼近的
黑风景……

1990年12月4日　长沙

谒黄兴蔡锷墓

一柄剑
又一柄剑
将军相约结伴
双双枕剑而眠

我只身入山
时在夜半
人间有何不平事
但闻啸声凛然

1990年12月4日　长沙

在我的手掌上……

在我的手掌上,命运苦心孤诣
绘制了一幅神秘的专用地图
众多的层次粗粝的老茧
俨然丘陵起伏,形成盆地与峡谷
四条江河相继跌入忘川
以不同的方位、落差和流速
较长的两条发源于汗泉与泪泉
称得上水势汹涌,终年不枯
另外一条则既短且浅
偶尔也旋转出些许美丽的回顾
但很快便在指缝间跳崖自尽
化作了朦胧莫辨的团团冰雾
还有一条时清时浊,似有似无
且流七分蒙昧,且流三分颖悟……

我的主当然是公正的,我臣服
我只配获得这样一幅地图
不必多此一举,不必访寻女巫
即便本领高强的吉卜赛,她也难以解读
其实,我自己心中何尝无数
人生不等式:一滴欢愉化解五洋愁苦……

1991 年 1 月　合肥

沉　默

沉默
眼沉默
嘴沉默
闪电、流云、羽翅
疾行中都各自紧衔一枚沉默

山沉默
水沉默
烟与火也以痉挛的食指架住双唇
沉默

天崩地裂的
震耳欲聋的
沉默

沉默是金

1991 年 1 月 10 日　合肥

解　体

后来，我成了一架

出了故障的飞机

本能命令我

减轻负荷

将一切身外之物

都扔出去，扔出去

毫不吝惜地扔出去

仓皇间

于是箱笼

于是棉被

于是书籍

于是吉他和酒杯

一件紧接一件

扔出去，扔出去

没有犹豫

没有迟疑

但险象始终未排除

像变幻莫测的涡流

依旧随时可以将我捏碎——

仿佛顽童的

偶然一次恶作剧

再也拿不出

堪称多余的东西了

只得决定：由身外转向体内

一滴一滴的精血

一片一片的思绪

统统投向

时而摇晃时而倒错的天际

多么壮观呀，纷纷扬扬

多么谲丽呀，光怪陆离

原来，一个人活着

能亲眼目睹自己心灵的

彻底解体……

痛苦升华为痛快

有谁

能参透这

一字禅机？

飞机终于滑翔着陆了

我也徒剩躯壳了

推窗环顾

  莽莽苍苍

  重重叠叠

  高高低低

 诗

诗

诗

　诗

　　诗

四周围,俱都是

诗的墓地……

1991年2月21日　合肥

人 质

我是命运的人质
质于斧钺,质于锁链,质于锄犁
质于十磅大铁锤
我倒甘愿质于缪斯,可惜
缪斯是非金属
太软,还爱哭泣

生,可能长寿
死,肯定万岁
我无师自通了
这条真理
乃决心偷渡时光隧道
寻找女娲
　　　回
　　　　归
　　　　　过
　　　　　　去

并且下跪
恳求
别再一次的捣造了
我

委实难以适应
　　捉弄这个世界的
　　怪癖
　　　　一会儿将我烧炙胜火
　　　　一会儿将我稀释似水
　　且让这粒芥子永远变异了罢
　　雄性,单株,不育

1991年2月28日　合肥

世 纪 末

地球病入膏肓
那拉丁学名唤作世纪末的
最后一味药
早已煎成渣滓
给倒了

跋涉过冰河期的老银杏
于中风仆倒之际
咳咳呛呛
连吐三声哭号——
我,也是
　药渣
　　药渣
　　　药渣啊

1991年3月16日　合肥

钙

人生两头缺钙
两头都极脆嫩
儿时自家虽懵懂
但有长辈操心
如今老了倒真胆小了，最害怕
粉碎性骨折的轰鸣

当然也有过钙质和年龄
不过，那只是一个想不起来的好梦
舞，不准
歌，不准
白白作践了
红唇匹配的珠贝
是那样的整齐纯净美丽刚劲
啊，不能与自由元素相熔为合金
有钙照旧不行

我转向望定维纳斯
乞求爱情
不幸
不幸她又是位断臂女神
命薄如纸

冷艳而畸零
无从抚慰
无从拥抱
无从温存

我的腿脚逐渐麻木了
浑身酸困
鸦噪黄昏，路断行人
扶持我者复有谁——
诗！唯一的拐棍

1991年3月17日　合肥

同星星对话

> 天上一颗星
> 地上一个人
>
> ——童谣

那数不清的两条腿生物
其中到底哪一个是我

星星们全都窃窃私语
眼神迷惘而困惑

这无边宇宙有几许驿站几许道路
可怜！地球不过是爿小件寄存处

你是我的亡灵游魂
我是你的行尸走肉

1991 年 3 月 31 日　合肥

羊 年 问 答

我要喝你的奶,亲爱的羊

喝罢,那是百草所变,你喝不光

我甚至……想吃你的肉,你的肉香

吃我的肉?也行嘛,反正我无力对抗

我还打算借你的皮,披在身上

那可不成!因为:你是狼

1991年3月　合肥

致 青 杏

拒绝五月吧你青杏
拒绝黄金吧你青杏
拒绝蜜酒吧你青杏
拒绝麦粒的诱惑吧你青杏
看她们多么无耻
颤动着裸露的饱满的小乳房
无休无止地哧哧痴笑
嘿,这帮蠢货!竟然不知情
那用毛茸茸大手胳肢她们的
正是死神——
肩扛长镰身披黑袍的死神

你可千万别上当
你可千万要小心
保留一点儿苦吧你青杏
保留一点儿涩吧你青杏
保留一点儿酸吧你青杏
永远青青白白
永远生生硬硬
永远不要成熟,不要掉进南风
　　暖洋洋的陷阱
瓦解了你的童贞

啊,像逃避瘟疫一般

逃避着腐烂

你呀,你呀,青杏

　　　　　　1991年4月5日　合肥

有　怀

告诉我,这扇门

缘何竟无风自开

睫毛下面,依旧连接

湿漉漉的青苔

此刻,最无奈

只好默默将所有的水路旱路

折叠起来

然后

　　等待

1991 年 4 月 10 日　合肥

大树长在山里……

大树长在山里
大山长在海边
大海长在心里
不要打听
哪棵树有多少根须
  这些根须又如何洞穿山系
  这些山系又如何潜入海水
  这些海水又如何叩开心扉

大自然
至高无上
帝中之帝

万物都拥有隐私
这是权力
无须怀疑
它们
  和我的嘴唇、舌头、牙齿、颚骨乃一母所生的亲姊妹
直属于
永恒的秘密

1991 年 4 月 12 日 合肥

没 有 对 手

和狼迎面相遇的猎人有福了

不知何故，于今
真正的赤裸裸的狼竟告绝种
我乃失去了
那惨烈一搏的
　千钧一发的
快乐——
击中它，或者
为它所吞噬

只剩下嘤嘤嗡嗡的金盔绿甲们
一面吮吸脓汁
一面漫天遗矢

遗憾之至

1991 年 4 月 30 日　湖州

浏阳四首

小小苍坊村

小小苍坊村

如此娴静安谧

不梳妆打扮

无路标碑记

只有清风缕缕自来去

穿天梭地

织他热烈的气息

吐纳于你我的呼吸

窄窄的乡村公路

窄窄的乡村公路

养路工弯着腰

径自铺沙垫土

你每日的劳作

你每日的粮食

同等清苦

倏忽间,你抬眼一瞥

目光如此专注

同志哥,一下子我便读懂了

那全部的倾诉

你认不出我了么
回忆一下昨夜梦境罢——
我们曾四手交握
心似电触

谁不知道浏阳花炮

谁不知道
浏阳花炮
有名的大嗓门
一蹦三丈高

唯独那一天
四野噤声静悄悄
半是嗔怪半是嬉笑
那个进了中南海的邦伢子
他说他在电话里磕头——
列位乡亲父老
千万千万，我胡某人
就求你们这一遭①

时间效应

有的人

---

① 胡耀邦担任总书记时,曾再三嘱咐:莫放炮!

毫不在意

仅仅挥一下手

便将自己

塑成了发光体——

一个无法传授的公开的秘密

有的人

变成苍蝇

飞来飞去(简直没工夫喘气)

到处遗矢,不断地

复印歪歪扭扭的标题

污秽

1991年5月14日

不二门抱膝吟

应湖南永顺主人要求,我给不二门景观题词如下:

人间多歧路
天堂不二门

山上插满了绿的圣烛
河里淌满了绿的圣油
风也穿上了绿的羽服
逍遥于这座绿的小楼

我的呼吸顿时彻底地绿了
生命
也重新昂起青青少年头
忧?什么叫忧?
愁?什么叫愁?

偶回眸
但见天堂窄门高且陡
路,仅此一条

跨进来罢

化作树化作水化作这满天风流

快！融入这纯绿的结构

　　　　　　　　1991年5月25日　永顺

沅　陵（一）

　　五强溪水电站建成之日，整个沅陵城将被覆盖于108米高程的水位之下。

世上真有软刀子？
软软软软的沅水
肯定能算上一柄，
迷人吓人，多情绝情，
切割古城沅陵切割江西会馆切割高耸的耶稣教堂十字架屋顶，
切割记忆，以及此后的一切叙事文本。
姣好复野性的湘西小女子啊，
教我怎能不惊心，
铭记住你经过冰镇的汗毛凛凛的
文静！

1991年5月31日　沅陵

沅 陵（二）

　　已故胞姊刘仁慧,前国立杭州艺专高才生,曾于1938年随校西迁,小住沅陵。

八年抗战？那是别人的一夜噩梦,
需要多少泪水,才足够凝成空袭的寒冰？
石板街上不会再响起杂沓惊惶的奔跑了,
何况已换了起尘的洋灰和粘鞋的沥青。
河边的吊脚楼早已自行失足溺水毙命,
于是纷纷死去了,那抹生发油贴牢双鬓的卖笑人,
酒精度极高的摇橹号子匆匆与沅江永别,
如今倒不时游荡些柴油绘制的抽象派波晕。
哪个叫闻一多？哪个叫沈从文？
更不必察访尚未啄破蛋壳的一缕芳魂,
时间是牛,但中国的牛很残忍,
它将一切视同草叶,草茎,
咀嚼着又同时遗忘着,
中国牛缺乏反刍的禀性。

1991年5月31日　沅陵

湖 南 驴 子

提篮的深浅不够
编一个大背篓

崖岸的宽窄不够
架一座吊脚楼

险滩的歌喉不够
添一曲花鼓高腔调

亲爱的湖南驴子呀
梗着脖颈踏碎石头往前走往前走

      1991 年 6 月 1 日 麻洢洮

歌唱石头
——谭嗣同墓园所见

我刚从石头王国跋涉而来
那儿天空中飘流着石头的浮尸
那儿大地上垛积着石头的骸骨
于是我的记忆中塞满了石头
不过真正的石头屈指可数
常见的都是些折断的石头破碎的石头质地疏松的石头和已然
　　化为齑粉的石头
因而眼前这一片石头令我绝倒
虽然它耸立了一个世纪,容颜有点苍老
我却认定它依旧非常非常青春年少

我知道,曾经有过一个名叫慈禧的女人
判决它极其顽恶极其丑陋极其粗粝
而我偏始终赞叹它的非凡美丽
姿势美丽结构美丽气度更美丽
甚至连那颈项部位横断的一丝深壑
也焕发着异样的光辉——
那是被巨匠王五细心粘合起来的
可惜,王五死了,如今再也没有王五了
我只能凝望这片嵌满星星的石头
抚摩自己长长长长的太息

　　　　　　　　　　1991年6月10日　浏阳·长沙

背　　影

　　一位俄国青年告诉我：在从前的高尔基城，在软禁萨哈罗夫的公寓里，甬道墙上留有一具污黑的背影，至今清晰可辨，那是昼夜值班的KGB们经年累月硬给蹭出来的。

啊，俄罗斯乌云！
乌云压顶，
短短的甬道
何其幽深！
那头是老沙皇，
这头是新暴君，
到处
散发着呛鼻的恶臭——
人造革夹克、劣质马合烟、特供商店的伏特加，还混有昨夜刑讯
　　室内飞迸的血腥……

试试看，兴许蘸点儿唾沫，
就能将那片龌龊
擦拭干净。

不！别价！让它保存！
像收藏一枚长满铜绿的废币，
像收藏一册储有催泪瓦斯的历史课本。

告别了的东西,
只能瞅见背影。

     1988年6月17日　阿辽沙自远方来
     1991年7月17日　写定于合肥

凤　　凰
——怀念沈从文先生

这银水

这金水

这珍珠水

一浪　又一浪

梳拢着贞洁的月光

月光的秀发里,蕴藏

蕴藏他一辈子墨渖的芬芳

这碧山

这黛山

这翡翠山

一趟　又一趟

背负起冷峻的太阳

太阳的胸腔中,郁结

郁结他三十载舌苔的苦苍

难道是真的?

这边陲

这蛮荒

注定要被遗忘

不！飓风起来了

飓风吹过乌焦的火场

炙手可热，遍地滚烫

看见了罢

有垂翼九万里之大鸟

自残卷劫灰中抖擞　翱翔

他！依旧啄食大地的字钉

一颗颗

一行行

他！依旧姿态美丽、高贵而安详……

1991年5月21日　题于湖南凤凰沈从文故居陈列室
1991年10月3日　再改于合肥

梦 苍 山

一万四千六百个昼夜,往事知多少?
遥想我初次见你时,
正青春年少。

我身着背心,肩负洱海一网捞,
黑黝黝双膀合抱,
神态何桀骜!

心中私下讪笑:
难怪这家伙名叫苍山,
模样儿有多老!

可我那背心呢?哪去了?
一次又一次复归万物之老巢,
一次又一次变作棉桃,
　　　　变作六十四支纱,
　　　　变作新漂白的一百公分中号。

此刻我分明安卧床榻,为什么两腿酸麻疲劳?
跋涉,寻找,眼昏茫,彼此都云苫雾罩——
好喜欢!终归重逢于中宵。

我乃歌乃哭乃跪乃叩乃太息乃长啸，
我敢肯定这是梦，
同时我敢肯定做梦的我
远比醒着的我更颖悟更洞彻更冷静更纯洁更崇高，
因而也更真诚，
我向你认错告饶……

       1991年10月5日　合肥

吉 祥 痣

老年斑愈来愈多了,
衣食住行,您可多加留神!

  不对,这是我的吉祥痣,
  我的喜庆,懂吗? 喜庆。

您这话未免太艰深,
莫非当中还有学问?

  是的,它是那头邮来的信——
  终点已近,大梦将醒。

1991 年 10 月 7 日

负 沉 默

翻砂模的表情
翻砂模的口型

九十分贝
一百二十分贝
一百五十分贝
翻砂模铸造的高程

沉默,乃有了负沉默——
敌性十足的
化身

一群又一群
不长脸皮的外星人
放肆地
假冒我们的姓名

1991年1月20日　初稿
1991年10月11日　改写

致鲁迅先生

我们不会批准
他对您妄加利剪、快锯和长绳
绝对不会批准
他将您从众生跋涉的草野挖走
移入那典雅精致的泥金紫砂器皿
树便是树
不是盆景

我们不能默许
他对您暗施调整遗传基因的诡计
坚决不能默许
他试图搅拌您颅腔的波涛涟漪
偷换上别一族类冶艳而畸形之鳍
鲲就是鲲
不是金鱼

1991 年 10 月 13 日　合肥

祝《小朋友》长寿

我今年 65 岁了,从 5 岁起,我就和《小朋友》交了好朋友。

您是 70 岁的《小朋友》,
我是 65 岁的小朋友;
哥哥在前,弟弟在后,
哥哥弟弟手牵手。

您常常带我做游戏,
一直做到我跑不动了的时候;
您常常给我讲故事,
只要耳朵不聋,故事倒永远听不够。

70 岁的《小朋友》,
您再活 70 年还是可爱的《小朋友》;
65 岁的小朋友,
却早已白了胡子白了头。

像我这样的小朋友,
总有一天会老会死掉;
可是,为了无数将来的小朋友,
《小朋友》,我祝您长寿更长寿!

1991 年 12 月 2 日　大雪天

煤 炭 们

煤炭们无疑是一个超级大家庭
到底几世同堂？谁能说得清
反正称谓必须使用复数
复数是一种以物质为衣冠的精神
煤炭们的聚居地也仿佛像人
在南方叫作村叫作郢
在北方叫作庄叫作屯
而且流传着一部真正的百家姓
但不管煤炭们从何处奉召应征
体检表一律身长论米体重论吨
而血液中胆汁中和骨髓中
又别有尚待考察的遗传基因
活着，又冷又瓷又沉
死去，又热又酥又轻
那被释放的当是最有分量的灵魂
煤炭们的灵魂就栖息于你我的屋顶
你我才有熟食、美酒、灯光和亲情
才有雪夜炉边吟诵兼与好友煮茶品茗
因之你我不知不觉间变成了煤炭们
也加入了煤炭们的那个大家庭

1991年12月31日　自淮北煤矿归来

红　与　黑

我是天庭霹雳火一团
遭劫数被强行打入幽冥深渊
亿万斯年亿万斯年
待到善男子赶来救援
我早已僵硬黢黑枯干

鹤嘴们哈着仙气频频呼唤
复以炽热的目光遍体摩挲教我转暖
滴水涌泉滴水涌泉
我乃选择自焚的最辉煌语言
辩护我固有的本色光焰

　　　　　　　　1991 年 12 月 31 日　自淮北煤矿归来

隔着冥河（组诗三首）
——悼保罗·安格尔逝世一周年

和《文化大革命》

您拾起的并非石头。
您听见的声音也不是怒吼：
"哪儿去躲？
把人变成石头正是他们的杰作。"

[原诗]
　　　　文化大革命
　　　　　　保罗·安格尔

　　　　我拾起一块石头。
　　　　我听见一个声音在里面吼：
　　　　"不要惹我，
　　　　我到这里来躲一躲。"

（荒芜　译）

和《未来》

牢记过去，
才能理解现在何以裹足徘徊。
未来诚然是树，

怎奈我们掌心堆满了顽梗的石块。

有多少事中国

再三惊呆了世界——

风化更需要

等待、等待、等待。

[原诗]
未　来
　　　　保罗·安格尔

忘记过去。

现在正在你们的土地上徘徊。

未来是一棵树,

在你们的手上生长起来。

有一件事中国

确实教育了世界——

生存意味着

忍耐、忍耐、忍耐。

（荒芜　译）

读《想到我会死在中国》

很好,好极了,保罗,

您终于安息在自己的美国；

那关于猝死于杭州的诗谶,

毕竟是一纸入场券,过时作废的幻觉。

上有天堂,
下有苏杭。
这句地狱子民的口头禅,
您软心肠的妻子,想必曾反复解说。
占有非人世的美丽乃是罪过,
怎能不疑惑会遭天谴或是遇横祸!
羽毛沉入水底,岩石在空中漂泊,
诗,也会有心理倒错。
您绝早起床开灯写作,
正是为了反刍那异化为忧伤的坚硬的欢乐。
您妻子当时大概还在酣睡罢,
难道您忘了问她,都梦见了些什么?

她本是这片瘦土上的小树一棵,
不开花,不结果,没有小鸟来做窝。
只是被您移栽到了爱荷华,
才出落得如此苍翠缤纷摇曳婆娑。
她复将浓荫庇护着您,就像
您家乡的红杉,仁慈地替农人遮挡酷日烈火。
她赐您以最大的慰安,一如熨斗
抚平了生活胡乱凿下的众多皱褶……

您是真正的幸运儿!保罗!
您的爱您的歌您的幽默您的思索,
甲骨文一般,全部镌入了古老的龟壳;
从门楣上的名牌:安宅,

到数千年才提炼出异香的五味调和,
一股脑儿挤满了您好客的寓所!
然而我赞佩您的直觉,到底不曾
轻易把骨灰抛撒在这座城郭——
一旦泪水冲净铅华,立刻裸露龙钟怯弱。
您只去过响着朱红色钟声的灵隐寺,
礼拜金佛面壁青山冥想剃度与趺坐。
幸亏您不曾登上凤凰山,不曾凭吊那
南宋儿皇帝们因消受不起这份福祚
仓皇间遗弃下的一片荆棘,几只铜驼,
同时也将不朽的茅亭彻底失落了,
尽管它被极富诗意地命名为:风波。
您的,自然也是我的伟大同行惨死于此,
扬八千里路的尘土,
击三十功名的金戈,
仰兑上美酒的毒药……

1992 年 1 月 21 日　合肥

九寨沟脉络（组诗十二首）

白　马

从我聆听过的无数歌吟中，第一次
你真切地向我款款而至
不再荡漾为一片波纹，点点光斑
也不再难以捕捉，像白昼当午的影子
你无论是啃啮还是咀嚼
都绝不肯暴露你涂满绿汁的牙齿
你被精心修剪过的齐刷刷的短鬃
令人联想起广告上某种抹了香膏的性感的唇髭
长尾甩动着优雅的潇洒
漫不经意中，仿佛大侠冬夜舞剑
划出一派瑞雪纷飞的景致
最是你高贵而安详的目光
掺和着若干相互矛盾的太初物质
彩虹、闪电、冰、炭、欲火和余烬
一切都安排得恰到好处，分寸合适
我理想的白马王子，正该如此

你当然不在乎我的暗暗喝彩
只顾独自徜徉，优哉游哉，且行且止
我注意到，从你软软的蹄窝里

竟拔不出一枚扎耳的尖刺
尽管这是一铺小小的草滩牧场
一半儿浅草绿得如同水丝
一半儿浅水绿得如同草丝
二者无从界定,绝非百分之五十对五十
看那周围已然发黑的原木栅栏
早刻满了历年淹了复退了的道道印渍
谁知道呢?也许,这是你马驹时代留下的
借以记事的某种标志

叫我怎能不扑展想象的双翅
描摹一位法力无边的隐身人(兴许就是神祇!)
或者仰卧在地
或者蹲踞于石
看得见的是嘴角叼着一茎草梗
看不见的是同时还噙着一朵微笑
他,一位真正的骑士
唯他独具的魅力足堪与你匹配
包括他的呵斥与爱抚的不同方式
以及他的一阵明亮一阵晦暗的眼色
全像这高原气候冷暖无常不可预知
而我却注定永远被摒斥于画外
充当一名不相干的看客,一个伧夫俗子
容或也会萌生无端的嫉妒吧,旋又自思
必须深深地三鞠躬,为了这份天赐的闲适

        1992 年 5 月 19 日 成县

在原始森林边缘,有一座鞍鞯棚

洪荒横亘在前
神秘横亘在前
诱惑横亘在前
谝传中的豹子、野猪、狼和蟒蛇都横亘在前

春雨横亘在前
山岚横亘在前
小个头川马被胶泥封住的古怪蹄声横亘在前
贴紧皮肉再也无法飘动的衣衫也横亘在前

舞台表演横亘在前
财富积攒横亘在前
骑一回光背马吧,先生,不颠
尝一回新鲜吧,才五元钱

一句话
猛撑开我的眼帘
有座简陋的木棚摇荡在原始森林边缘
垛满其中的全是弃置不用的鞍鞯

各色各样的彩线绣缀
各色各样的珠贝镶嵌
粗经鞣制的皮革,那味儿将我所有的肺泡一一吹圆
仔细切割,还能剔出些酥油、糌粑和牛羊肉的腥膻香甜

喂,伙计们,欢迎不欢迎

让我进去参加你们的叙谈?

——关于自甘寂寞

——关于不甘腐烂

1992 年 5 月 20 日　成县

泥·水·人·仙

九千九百九十九座山

九千九百九十九道坎

九千九百九十九铺滩

九千九百九十九个湾

逼面扑倒的是千仞悬崖

裹挟拥来的是万丈深渊

脚下遍布咬我的石头

手边缠绕抓我的藤蔓

谁叫我质地如此脆弱、薄单?

一如贾宝玉少爷自嘲过的那颗泥丸

似这等羊肠似这等鸟道似这等游丝断线

怎不碎下个九千九百九十九瓣?!

撮吧不盈握

揉吧难成团

心焦自然七窍生烟

眼花必定八方迷乱

天啊天,天可怜见!

到底感动了慈悲为本的玉皇大帝、太上真君、耶和华、释迦牟
尼、穆罕默德以及其他不知名的野狐禅
恻隐大动,通力合作,加班加点
一霎时便凿出了一股清泉
九寨沟啊,抚拍我的惊魂,将我紧搂胸前
圣水呀圣水
你乃一方玉——抖开
你乃万斛珠——抛撒
醇似酒浆,明胜宝鉴
气吐兰麝,口含管弦
不知不觉间,我浑身上下便已浸湿泡软
轻而易举,重捏了一具七尺须眉男子汉
我思忖,莫非这是
无须过火的另一种涅槃?
正暗自侥幸,又平添喜欢
似有纤指点染
但见紫气氤氲,至大无形
便已远离人寰,忝列仙班……

1992年5月23日　兰州

长海和雪山

俯瞰万古不竭的莲花池,如此浩瀚
仰望历劫不倒的舍利塔,这般庄严
我,一粒渺小而颠顶的星星
迷失在时空结合部外缘,茕然复茫然

从这水与雪两相对视的巨大反射之中
我终于亲眼目睹了一股奇异的冷焰
感觉到有神的手指,揳入我的灵肉之间
待一切都被占领,她才谦卑地耳语:别怕
我来救援

1992 年 5 月 27 日

兰州—上海 5211 航班飞机上

五色经幡

九九归一。

红、白、黑、绿、黄五色经幡,俱已褪尽人为的亦即外加的色泽,还原于溟蒙一体。

全部的斑斓皆泯灭了彼此的界限与区别,谐和为几近单一的幽晦,仿佛混沌初开之际。

距扎如寺不远,于林莽之中,我发现那儿隐藏着一座石刻的转经筒,以及一处玛尼堆。而在溪涧拐弯、峰回路转的所在,我再一次发现了另一座石刻的转经筒和另一处玛尼堆。

我是初来者。这一带的地貌、地物,于我全然陌生;我手头也不曾持有一幅精确详尽的地图。

但我心上自有坐标。

我看见了隆准深目的西洋人,他(她)们一概笑吟吟地用相当别扭的慢节奏走过,究其实际,唯一使之延缓速度的事情是,透过望远镜原地转圈八方顾盼。真是的!从内容到形式,他(她)们都是绝对的异教徒啊。只是通过他(她)们坦诚的笑容,我敢断言,这些外邦朝觐者并无恶意。

我也从别在胸前的小卡片上认出了东洋人,何须用滤色分光镜头,凭肉眼就完全可以毫不费力地从同样的黄皮肤中,沉淀出他(她)们的特殊色素来,财大气粗嘛,夸夸其谈和寡言少语同样伴有强刺激。

我更多的是看见了现代徐霞客们,苦行僧式的旅游者,或孤身,或结群,行装单薄,尘土满身,往往就着一瓶凉白开啃馒头或者大饼。这是些向往、爱慕此地山水灵气的远客,如今抵达了目的地,怎能不为自己的跋涉终获报偿而踌躇满志,鼓舞欢欣?这批数不清的现代徐霞客中间,大抵有相当一部分泛神论者吧,他(她)们本质上是膜拜大自然的忠实臣民,他(她)们自觉不自觉地崇仰着实践着天人合一的传统观念。他(她)们的目的是清纯的,他(她)们的快乐同样清纯。

我同时也看见了满怀虔敬、举止庄重的人,其中,必定有不少无神论者,如我这般。

我么?来到九寨沟之前,我的确以无神论自豪,到了九寨沟之后,我不敢说我毫无变化了;因为,从我的心灵之地层深处,不知是白垩纪还是寒武纪,竟挖掘出若干精神文物的残片!之所以名之曰精神文物,实在是由于我自己也说不清,所以,连自己也十分的吃惊。我只得大而化之,将它归之于人底本真。看哪,每一个人(这样说,是否失之武断?),可能都是自身的宗教创始人、传教士、信徒,三位一体,密不可分。

宗教感,难道也是人类与生俱来的本能?如同喜、怒、哀、愁、食与性?

我想起了眼前的这座扎如寺。扎如寺,当今固然把弘扬藏传佛教(喇嘛教)作为天职与本分,然而,你千万别忘了,它最早却是"本教"的重镇。而本教,作为喇嘛教的一大支派,从藏北那曲地区,一直延伸到川、甘、青,都居于绝对优势,犹如高屋建瓴。

所谓本教,顾名思义,理当包含着土生土长的意蕴。

倘若这一揣测不致大谬不然,那么,我会说,我们,每一个有头脑的人,便都拥有了仅仅属于自己的"本教",而我们,也正是这样的一种"本教"徒了。

我招认,我就是自己的"本教"徒。这恰好是可以用来阐释前边使用过的"精神文物残片"的论证。于是,走过去的各色人等,尽管有异教徒,有富裕却并不认为钱能通神的佛教徒,有泛神论者、无神论者,乃至有我妄作鉴定的"本教"徒们,我猜,但凡灵魂不藏垢纳污,不倒人胃口,就准能在共同祖先的原始情结即对自然的敬畏感、惶惑感,还有对人生与宇宙的终极关怀诸多方面,找到某种汇合点,存异而求同。

当然,那批只知迷信个人(肉身),因而也就只知迷信金币以及可与金币相互转换的权势、爵禄、门阀等等的薄幸儿,也会窜入西天净土来作威作福,口出不逊……

我把这样的家伙斥之为邪教徒。

邪教徒们对这些渐入太虚的五色经幡,对这些沉重如生命的石质转经筒,对这些神秘的玛尼堆,一无所知复视而不见。他(她)们统统认不得六字真经:

唵——嘛——呢——叭——咪——吽。

他(她)们枉自"玩儿过九寨沟",而且,他(她)们枉自为人一世。

九寨沟不屑于同这帮亵渎者对话。

我纵凡庸,我必追随九寨沟,持同一态度:对邪恶之辈,报以白眼。

1992年5月30日　上海

彳亍密林，吊唁一株死因不明的银桦

树的部落，聚居于高寒的山坳
远离人群，竟放射社会的面貌
氧气这样稀薄，阳光也特别少
为了活命，它们彼此无声地争吵

雪松、铁杉是古老贵族，满脸不屑和冷嘲
世袭着大片土地，以血统为骄傲
所有的小鸟宛如宫廷乐师，只知齐声祝祷
松鼠之辈更属门下食客，纷纷仰傍筑巢

可怜的杂木们只能算作平头百姓
偏偏擅长嫉妒猜忌，内讧不可开交
银桦遗世而独立，一派孤高
赤桦则抱团结伙，心胸与个头儿同等短小

最数这一株银桦形象凛然森然
树叶落尽，同时不复留半根枝条
只剩下光秃秃的躯干将大地死死抓牢
历尽几许风霜！竟然拒绝仆倒

它的堂兄弟赤桦却躲在远处咯咯讪笑
那因干裂而翻起的皱皮也随之乐颠颠地招摇
仿佛无数只贫血的招风大耳
由于幸灾乐祸，频频贴着乱咬

这银桦缘何死去？有谁知道

死了又缘何不倒？有谁知道

我只听见雪松、铁杉和赤桦们纷纷鼓掌

死得妙！死得好！死得妙！死得好！

1992年5月31日　上海

被掘翻了的老树苑

你踏遍整个的九寨沟，

到处

都能遇见冤魂，以饱含力度的拳王式的晃晃悠悠，

一记，再一记，

直戳你脆弱而多汁的眼球。

每一具冤魂都十分的苍老、黝黑、佝偻

然而，最叫人骇异的是

无论风吹、雨淋、霜侵、雪压，

它们一致拒绝沉默拒绝腐朽。

此中必有天机，

天机不可泄漏。

我更惊怖于这许许多多的老树苑，

它们大体上全被翻了个个儿，上变成下，下变成上，那形状犹如

　一只只巨大的手，枯焦的须根是汗毛，主根则是关节肿胀的

指头。

多么不祥的手!

我下定大决心,去与之相握,在摸索与扪触的一刹那,我便感觉到了,这些汗毛与指头皆因痉挛而不住地颤抖。动脉贲张,静脉盘扭,但,无可争辩的奇迹乃是,其间葆有较之龟鹤更加高寿的血液,虽然艰涩、迟滞,毕竟流个不休。

莫非有何祈求?

祈求?没有!

祈求无效,况复无聊!

这是我们永恒的诅咒!这是我们无声的怒吼!

可以理解,当年为了开辟直达美金、英镑、日元、港币之路,怎能不组织一场大屠戮,以求曲径通幽!因此,伐倒了大自然的完美、和谐与悠久。一切碍手碍脚的路障难逃锯齿的啮咬,躯干被锯断,却又无计拖出林莽,运入工厂作坊,或架殿堂,护佑冕旒,或设阳台,承受淫媾,只得任其就地倒毙,便宜了穴蚁窟兽。

刽子手们深知,这里是心地仁慈宽厚的九寨沟,乳汁丰足芳醇比蜜甜比胶稠,倘饮伤者,伤者愈合创口,倘沐死者,死者复苏添寿!

如此,乃有了一道狠心的命令:

掘翻一切该掘的老树苑!

切不可让它们新枝复萌,成荫依旧!

掘地三丈!不得优柔!

就这样,此时,此地,我才感同身受。

啊,我的被掘翻的

老——树——苑!

1992年6月1日　上海

藏　女

白昼你是收割多蘖青稞的侍女
黑夜你是放牧长绒牦牛的舞姬
我明白,发型不可能干扰心的方位
那儿自有神龛,你掩藏得如此隐蔽

你听从呼唤,来回递送菜碟和酒杯
一任洋人、汉人以及其他陌生人搂腰挽臂
习以为常了,收拾些文明的或粗野的言语
无动于衷地踩碎些调侃的或疯狂的乐曲

温馨而宁静的山寨始终不曾远去
家织的氆氇,红珊瑚与绿松石耳坠照旧爱你
看啊,一个影子与你紧紧相随
当代藏女,又是永恒藏女

1992年6月1日　上海

江之源

"只要喝上一口这儿的山泉水
你便获得了一个崭新的自己。"

当我告别沟口,走向喧嚣的洼地
白水江依依不舍,又紧紧相随
一路娓娓叙述儿时的纯洁记忆

转眼间快乐便蒙垢落难
自信的话语变作了含羞的啜泣
当那白龙狂徒半道跃出将她裹胁以去
她便失去了贞操失去了皎洁的美丽
上流已如此下流,下流岂不更卑污百倍?

最终,还要被迫赴汤蹈海
海洋,又是个什么东西?

据说,海洋具有某种自我净化的能力
果真如此么? 我怀疑

1992年6月2日　上海

福地偈语

不问前生
不问来世
置身此山此水
空灵而又盈实

偶像是没有偶像的偶像
皈依是未曾皈依的皈依

我心即佛

诗乃偈语

白象的坐骑啊

当系自家肉体

1992年6月15日　合肥

与出租藏服，供人留影的摊主擦身而过时望见袭来的一朵疑云

当然

你尽可以出租

五颜六色宽袍大袖的藏服

可你有何等法术——

出租那份剽悍？那份蛮武？那份健美？那份恣肆？那份现世的不满？那份来生的餍足？那份与生俱来的原始的神秘感？那份憨厚、粗鲁？那份等身长跪的蒙昧与诚笃？那份纵使单人独处也照样潇洒落拓的百年孤独？那份由于挣不脱这高原樊笼，只好让希望与绝望交替轮回、自生自灭的不尽痛楚？还有那份远自浑茫雪山之上收割归来的哈达一幅幅？还有那份被粗粝过度的阳光之墨所使劲研磨，因而渗透了肌肤的每一粒血色素？乃至那份月色万古，以及万古月色中牦牛沉稳凝重像园塑、石头沉默如喑如瞽，江水哗笑跌撞似酒徒，经幡与篝火活跃胜精灵竞相飘拂（请记住，篝火与经幡都是柔若无骨的无敌丈夫！），而人群则个个长袖善舞，声声长歌当哭……

是啊,是啊,任谁都可以掏上几张纸币

换取三分钟的进而复出

可他又怎么摸得着那不寻常的门户

排闼而入

直接走向为一袭藏服所包裹的伟大民族、妙虚梵土?!

1992年6月15日　合肥

密宗珍珠滩

　　这光洁、丰满、柔软、滑腻且富有弹性的胴体,何以不仰卧成阴冷的海子?何以不直竖为阳亢的瀑布?而偏偏这么略微一斜,倚就了一挂神秘的珠帘?慵倦,娇嗔,是否有不胜酒力虽醒犹眠的处子深藏其间?这珠帘的顶端,请仔细分辨:何以不径直敲一排乔木钩?何以不随意撒满把灌木钉?而偏偏使用了花桩,且如此热热闹闹、密密麻麻、缠缠绵绵?要说花桩就花桩吧,何以不选择血杜鹃、米杜鹃、黄杜鹃,分别营造些生命、粮食和王权的意念,而偏偏挑中了这些个紫杜鹃,无疑是放一把火,引爆了多少喘息的焦灼与感官的骚乱??

　　此乃天意。

　　天无言。

　　珠帘之内,到底有什么隐私需要遮掩?

　　是欢喜佛么?敢情他在无分昼夜地享用上界的大欢喜?何以如此肆无忌惮,不断放射出这煽情的呻唤?

　　天无言。

　　此乃天意。

　　于是我猜,这儿,也许正是密宗教派的宝地?倘或我的造访时机不对,不该当白日高悬,而该当夜幕低垂,不结伴,独自一人踯躅此际,其时,这挂珠帘可会悄悄卷起?

然而,我又胆怯,自忖怎么也不敢暗暗潜行,况且,凡人肉眼,又岂可冲撞佛爷的房帏,偷觑佛爷的秘戏?

结论只好是无可奈何,剩下些永远的惊叹,迷醉,玄想,哑谜……

天无言。

此乃天意。

1992 年 6 月 16 日　合肥

今日雨花石

雨花台再也找不着雨花石了,你信不信?
到底是怎么啦?竟消失得一颗不剩!

  你去问那个抡大刀砍我的人,
  你去问那个拿麻袋套我的人,
  你去问那个端枪刺捅我的人,
  你去问那个强逼我刨坑活埋我自己的人,
  你去问那个抓住我的小小双腿一撕两爿的人,
  你去问那个不认识姐妹不知道母亲的人,
  你去问那个用歪把子点名替代战俘编号的人,
  你去问那个和别人边碰杯边赛杀人的人,
  去吧,你泅过东海泅过黄海泅过朝鲜海日本海,
  去吧,你登上那三四个岛子当中的任何一个都行,
  你也许就会碰上某个彬彬有礼的战争狂人,
  他们依旧活着却好像得了"健忘症"。

"您贵姓?"
"啊,会有那样的事情?"

这是谁在说话谁在答应?
这是谁的哽咽谁的声音?

是我!

是我!

是我!

300000具花岗岩冤魂!

不要惊骇,无须纳闷,

请,望定这300000双永不瞑闭的眼睛!

裂眦瘀血的眼睛,

星月惨淡的眼睛,

云遮翳盖的眼睛,

澄澈如镜的眼睛……

是的,雨花台再也找不着雨花石了,

我!我!我!冤魂们 需——要——眼——睛!

1991年5月4日 凭吊南京江东门纪念馆归来得诗

1992年7月24日 重写于合肥

诗到语言为止？……

诗到语言为止？
无情的删节号
像一串连吐的蛇信
歌喉已然毒死
风却悲从中来
掠过　岸然的头颅
硕大如雄狮
苍苍鬓发乃被搓揉成乱草了
畦垅之下　覆盖着
饱满而哑默的
种子

语言太狡猾，堆七十二座假坟
失踪了的
是真尸

1991 年 10 月—1992 年 9 月　合肥

我在同谷唱的七支和歌

夜读杜甫《乾元中寓居同谷县作歌七首》

1

无论您走到什么地方
您都谦卑地自称为客
同样作为流浪汉的我
哪能不超越时空　直奔
人生游子的最大特色——
六分忧愤
　　　　三分旷达
　　　　　　　一分悲切

2

况且,我看见了
您从疲惫而衰弱的肩胛骨上
艰难地拔下木柄铁锹的同时
那投过去抚摩饥儿的日光
(您因目光中依然反射着冰刺雪芒
感到羞愧和惊惶)
这一瞥,只不过轻轻一弹
便抱头转身躲藏
仿佛儿女们原本都是些火炭

已经将您大面积三度烧伤
我还听见了
您掷下长长一声喟叹,落地铿锵
有风横行的茅草棚内
立刻便有霹雳炸响
飞迸出一串串咯血压韵的诗章

3

黄独是什么形状什么味道?
在什么季节从什么地方才能挖到?
如今,已没有几个人知道

且不说年轻一代
即便是1960年的幸存者
也面带愧怍嗫嚅相告
对不起,忘记了

只有破旧的药典
留下一幅模糊的素描——
块茎植物,类似白薯、芋头或者山药
味辛,性寒,易致滞胀
荒年可充饥,食之不宜过饱……

大概正是因了这个
任谁　都巴不得从记忆中把它吐掉

4

所有的画图和雕塑
都抄捷径直取黄瘦与颀长
如同陇南山中特产的竹子
上下粗细不变样
笔直笔直　用作箭杆最理想

然而,您偏偏不愿替官军去打仗
尽管,您从未站在安禄山一方

您的身子简直细得如同羊肉串签子
但是,没有肉片　只有思想
"三吏""三别"的反战传单
全都出自您的印刷作坊
这难道不是一场精神叛乱么?
理所当然,您的名字
列在了阉竖们的黑名单上:
持不同政见者　乱党

5

您的兄弟,您的姊妹
这会儿流落何地?
中原和山东全着了火
淮河又在闹洪水

命运从来就生性乖戾

好端端一家子

经不起他随意一巴掌,甚至

经不起他轻轻吹口气

在他,不过是毫无目的的游戏

而那些日子过得单纯且卑微的小小百姓

只好受罪

相隔万里

徒劳地伸出手去,揩擦对方的眼泪

6

孽龙似乎睡着了

谁能保证它不猛然睁开毒眼

蝮蛇又为什么拒绝冬眠

忙忙碌碌,四下物色着晚餐

您腰悬长剑

(我记得,李白也有过这身打扮

那时节,您的同行们仿佛都活得十分高迈、雄健、任侠,流行尚
　　武观念　如同时下流行性病、耐克鞋以及后现代主义一般!)

却犹犹豫豫

没往下砍

有一个可笑的理由支撑着您

等待春天

春天？春天在哪里？
您怎么总是忘记,受过多少次欺骗？

    7

您又说,您在同谷有故交
一卷诗　一支笔　一袭布袍
或许他竟就是另一个您罢——
您的怀抱　您的潦倒　您的衰老

从什么时候起,您终于恢复了失去的听觉？
您说,高干子弟们
    正在长安狂笑

        1992 年 10 月 30 日　合肥

苏子三贴(组诗)

东　坡

并非出于自家的抉择
你把生命的园囿
开垦于黄州邑外的东坡
且低头
锄默默　地亦默默
众人从此将它嫁接于这年轻的老者
你乃欣然以指向空涂抹
这便是我的号了
东——坡
唇默默　心亦默默

一些伴劲节挺拔的翠竹
一些随苦汗滚落的果蔬
一些糙米　一些未脱麸的小麦
荫蔽着一些夜半的吟哦
　　　一些酒后的行草
　　　一些块垒尽吐的水墨

四面八方
间或

有几缕游魂到此会合——
都是一些草野渔樵
　　一些无须戒备的落拓
　　一些不必伪饰的松弛
　　一些只可神会的眼色

发誓不议朝政了
剩下　几滴干枯的忧伤
偶尔夹杂于泪花间　闪烁
汴梁府？那是个干什么营生的所在？
你已无意去探寻、回忆和思索

难道，这儿不正是你的羑里？
学一学狱中演《易》的囚徒罢
将你悟透了的"天道"，如同新采的璞玉
码成九垛　细细打磨

苦中宜作乐！
故垒西边　水陆跋涉
兴会所至　毫不韬晦
一抬脚
便跌进了"人道是"的旋涡
而不远处，蒲圻寥落
那一度被战火煮沸的江水
如今已然冷却
面对诗人的差错

此刻它

竟兀自退缩

袖起石头的双手

倒如醉如痴,不争不夺

凝神倾听那

神采飞扬的前后双赋

大开大阖　随风流播……

赤壁之火　历史之火

生命之火　宇宙之火

噫嘻！我们的居士终于醒来了

醒在

黄州、惠州、儋州的处处东坡

1993 年 8 月 31 日　合肥

西　湖

想当然,苏子降生之日

上天曾私授你一道符箓

那是一道神秘的护身符

不论你到哪里,这符都叫西湖

奈何在杭州竟碎为三截①

彼此间似断若续

随后流窜岭表,到达惠州

---

① 杭州西湖系由西湖、小西湖、里西湖大小不等的三片水域构成。

西湖竟再次跌落,散置五处①

主吉？主凶？是祸？是福？
道士的钟声反常,敲个不住
身插黑翅的钦差自金殿飞来
不由分说,押解登舟南渡

"投荒儋耳！"州不州,府不府
岂非愈发的鄙陋荒芜？
才斥退眩目恶浪
又袭来钻心瘴毒

你,摸了摸往日藏符的胸口
欲作最后一次徒劳的保护
糟糕！糟糕！
一切的一切　俱已化作虚无……

唉,老矣老矣
清影憔悴,怎生起舞？
回首峨眉山月
山月泪眼模糊……

折转身,你茫然四顾又戛然止步
何以苍天之上,危悬一方人间绝无的西湖？

---

① 惠州西湖包括南湖、菱湖、丰湖(平湖)、鳄湖和鹅湖五大块水面。

波光潋滟,你的投影也荡漾起来了

并且如此空前的巨大

并且如此空前的清白

并且如此空前的媚妩

1993年9月1日　合肥

朝云墓

在杭州西湖

他醉卧成一条堤

在惠州西湖

他趺坐为一堆泥

他已失掉了竹林、药膳、书斋、琴和棋

他不能再失掉什么了,偏又失掉了你

但我们却很残忍

在这湖畔,坐拾一筒痛苦之诗碑

1993年7月

岭南行脚(组诗十一首)

门外弟子
——题一帧友人偷拍的小照

为何你搔首踟蹰,若有所思
问左侧蹲着的石狮,答曰:不知
顾右方藏猫的石狮,答曰:不知

而牛山濯濯,硬撑住两方金敕——
横的是:"曹溪"
竖的是:"南华禅寺"

该当忆及少年时
曾在青原古刹①,伴那坐化了的
六祖悟道大弟子

好歹也算高僧的同窗哇
兴许,正是他引你参禅到此
天意!君不见眼前飘着五十年不断的雨丝……

---

① 1940年春,作者冒雨步行至江西吉安青原山,就读暂设庙中的国立第十三中学初中一年级,直到高中毕业。青原山,系行思禅师自广东韶关南华寺领受慧能法旨后,开山弘扬佛法的所在。世人尊之为南宗七祖。

从化温泉

我想说,岭南是一头遍体插花的雌兽
一头非常非常神异的雌兽
在她绝对母性的胸脯之上
独立着一只饱满鼓突的奶头

但一只已胜却无数!
乳汁温润、甜美、丰厚
啜饮则此生多寿
沐浴当永世无垢

罗浮传说

九十九峰凝结为恒久的期待
手挽手,罗列成排
剩下那缺席的企盼,为何却
迟迟不来?

告诉我吧告诉我
什么时辰,你来?
什么方位,你来?
告诉我吧告诉我
此刻你何处徘徊?
是地底? 抑或天外?

难猜! 没法猜!

纵有神机妙算,金箸玉牌

谁能料到,你竟化作美人鱼,有鳍有鳃

千年万载,一直酣嬉于南海

九级浪,八面风

从不敢摧折你的花钿绿头盖

终于,你下决心浮来

终于,你下决心飘来

你款移莲步

你身驾云彩

你哟你哟你哟

我的冤家,我的无奈

倘若你至今仍未浮来

这九十九峰罗列

岂不徒劳为空白?

倘若你至今仍未浮来

这九十九峰罗列

怎生圆融满一百?

倘若你至今仍未浮来

这九十九峰罗列

何以呼啸与澎湃?

你的恶作剧呀

你的撒娇你的扭捏你的刁钻古怪

你哟你哟你哟

我的冤家我的无奈

九十九罗得与一浮相爱

点活了岭南的周身血脉……

冲虚古观留影

离开冲虚古观

打算留影作别

正待揿钮拍摄

惊厥了导游小姐

小姐赶来谆谆告诫：

从上往下数，第三个台阶

踏牢，这里有

顶顶兴旺的地脉

它通向惠州、大亚湾

它通向深圳、大鹏湾

它通向香港

它通向世界……

我，一似听话的蒙童

规规矩矩，服服帖帖

站成一枚罗盘上的磁针

指向本世纪的科学总结

望西樵

站在东樵望西樵

视力已不够

并非年迈眼花

并非云苫雾罩

是当中拔地笋起了

无数高楼

可怜楼居客

四壁胜铁牢

每逢周末大赦

纷纷越狱出逃

撒大把钞票

换小撮风流

（还美其名曰：旅游）

无疑,光风霁月

　　山清水秀

好去处

东西二樵

依旧依旧

眼睛与矿泉水瓶
　　——罗浮山所见

肯定你数不清

罗浮山眨巴着多少只眼睛

温存,甜蜜,明净——
林槛中如处子守贞
岩层下有狡兔飞奔
钻出石缝且蓦然回眸
跃上峭壁犹抛来飞吻……

矿泉水
当今商品化的罪恶结晶
多少远客好游兴!
谈笑间,随手扔下塑料指纹

紧跟其后的赖布衣,无影,无形
但太息频频
(你不知道么?
他的预言有多神!)
可惜了,所有这些美丽的瞳仁
明天都将板结一层污秽的翳云

黑凤蝶

问葛洪,当年您在何处羽化?
躯干已经无存,只把魂魄留下——
衣衫碎纷纷,黑凤蝶舞个不停
两千年,不吃,不喝,不沾枝丫

望着它,炼丹炉只是缄默,不发话
什么石料砌造了你?风雨不怕,烈火不怕

夜夜有黑凤蝶聚合,蹁跹三匝

想为撒满金花的双翼再讨一点儿丹砂

南海与北海

　　——追忆在青岛谒康有为先生墓

南海,诚然是有辫子可揪的

北海也是有辫子可揪的

但北海忘了照照镜子

倒死死地揪住不放康有为

康!伟大的南海人

从小就嗜爱危险的游戏

他从自家宽宽的肩上

摘下圆圆的头颅当球踢

一记远射——

擦过七十年风诡云谲

擦过中锋强劲的双腿

擦过门卫灵敏的两臂

直扑那密不透风的命运之网

以越冬的青草垫底

以报春的金花铺绺

就这样,一介南海书生

投入了

北海之滨的洞穴

闭门隐居

可叹红卫兵

忽而云涌风起

奉旨搜捕"黑七类"

活人数目不够

便抓死者顶替

扛镐、挟锤

掘墓、砸碑

"打倒保皇党!"

呜啦!胜利!他们挖到了

几缕枯发包裹的水晶体

始而大吐唾沫

继而抛掷蹴嬉

末了轮番便溺……

岂料,水晶球张嘴说话了

"保皇党?谁?

是我?还是你?"

红彤彤幕布落下

剧本却迷失了主题

所幸南海肚量大

不跟北海打官司

也不呕闷气

她想

咱们中国,历史

原本就是一团谜

有那么多闲工夫磨牙

哪如抓紧做生意

以上 8 首,完成于 1993 年 7 月 3—28 日

广东—上海—合肥

陈家祠堂

该当多保留几座这样的祠堂

该当多飘扬几阵醒脑的书香

你看,在那两扇朱漆大门之旁

连尉迟敬德、秦琼都来义务站岗

如此幽深,如此宽敞

如此芳馨,如此明朗

它仅仅测量过历史仓廪的殷实么?

它实在投射着祖辈人物的恢宏眼光

今天,有谁着手平衡这笔收支总账?

岂能寄希望于当代的哪一位族长?

我们既然继承了昔日的灿烂

我们就应开创下未来的辉煌

1993 年 9 月 2 日　合肥

塞　车

当所有的车轮锁门离家以后

道路便立刻宣告失踪了
圆圆的车轮的确是个好东西
似乎可以任意滑溜毫无阻力
可一旦大家都争相变成了好东西
这个世界就长出无数犄角来了
看不见的犄角纠结着看不见的龃龉

此刻只能根据长龙的形象,依稀
去描绘道路土遁之余的遗体
首尾相咬的长龙啊
难得游弋的长龙啊
你看你,连每一枚鳞片也是圆圆的呢
是否正因为圆太流行了(何况还添加润滑剂)
事情反而往往不顺利

1993 年 9 月 2 日　合肥

绿羊尾

罗浮山有一种苏醪菜,苏东坡当年曾赞之曰:"肥美如羔。"我尝了,果然。这才是真正的特产!愿为之写一则诗广告。

有一个名叫苏醪的山乡
有一片名叫苏醪的牧场
仙风　仙雨　仙月　仙太阳
合伙豢养了一群名叫苏醪的绵羊

苏醪的绵羊是绿色的绵羊

四蹄生根,牢牢吸定神奇的土壤

于是,每一匹菜叶都甩成了羊尾

肥而不腻,不见油脂但爆油香……

1993 年 9 月 3 日　合肥

流　浪

水在河与河之间流浪

风在天与天之间流浪

鸟在树与树之间流浪

歌在心与心之间流浪

生命碾作红尘流浪

红尘裹入星云流浪

星云跟随宇宙流浪……

是谁？又将这一切装进褡裢，扛在肩上？

是那个年迈的流浪汉吗？踉踉跄跄

有人夸他慈祥，有人怨他乖张

昏花老眼，反正——

睁着的一只是地狱，闭着的一只是天堂

霎时，有无声之声恣肆汪洋：

家乡即客舍，客舍即家乡

脚带驿站，心携篷帐

游牧八荒，神，也在路上

1994年2月24日—3月17日　合肥

时间的皮肤

生命一环扣一环
组成了时间之链
环,无疑能随时拆换
链却没有个完
　　　这环真属于自家?
　　　可链又归谁掌管?

生命像纤夫手中粗粝的绳
弓着腰,匍匐着全身
蘸着虎口与肩胛的血
单为写一个字:沉
　　　一旦暗礁咬断了纤绳
　　　沉重便只好垂作沉沦

生命又像杂技演员脚下的钢丝
谁不想一路平安、摇曳多姿
无奈鼻息成风,鬼知道,哪一阵
会教你从舞台上彻底消失
　　　也许是你踩蹋了她的身躯
　　　也许是她颠覆了你的胆汁

且将生命剖作两半一劈到底

就能穿透皮肤,楔入骨髓
生,原来如同嫩芽和胎毛
从柔软单薄变为坚硬稠密
　　命,不过是太阳负重的轮子
　　一圈圈,于叹息中进而复退

　　　　　　　　1994年2月24日—3月17日　合肥

大海、浪潮以及泡沫

澄明、幽深、急躁而又恬静
柔若无骨,却有毁灭一切的蛮劲
针尖麦芒,全植根于大海的本性
最珍奇还数她美妙而纯净的元精
飘逸的凝重,邈远的亲近
溢满神圣之色,了无凡俗之形

海,时刻手擎穹隆式的一方明镜
啊,你涵盖万物众生仰望的天庭
你有十分蔚蓝,她便蔚蓝十分
二者神魂同胞,谁能区别辨认!
高贵,坦荡,容不得半点灰尘
既有皎洁的肌肤,更有皎洁的心灵

潮汐起伏纡徐,她脉搏稳定呼吸均匀
一旦汹涌奔腾,准有恨事心气难平
潮汐呀潮汐,传达了海的全部心声
裸露了海的欢乐、忧郁、悲哀和愤懑
唯有海所唾弃的渣滓猥琐且肮脏
它却蹦得高,舞得狂,笑得狰狞

1994 年 2 月 24 日—3 月 17 日　合肥

黄山外围（组诗五首）

昱

城和人一样　乳名全都带奶味
可你　屯溪　为何偏选取古典的"昱"？
且扳开天宇大辞典　薄明熹微　半流体——
光的梦呓　光的鼻息　光的涎水

终于长大了　黄山娃儿生就一双飞毛腿
斫一缕晨炊当哨棒　登山去！
回眸来路　纷纷七十二峰葡匐于脚底
光明顶　才是你发育成熟的永远的身躯

1994 年 9 月 4 日

百丈泉

唉　百丈泉　原来您竟是个美丽的谎
如今站在您面前　我宁愿闭住眼想象
难道圣者也会衰老？这般瘦小而颓唐
消失了传说时代的童贞、伟岸与辉煌

那么且等一百年罢　我肯定再度拜访
到时候　将改一个姓名　换一套服装

不过　在那之前　当把尺子暗藏身上
一代新乳儿心肝如何？我得丈量丈量

1995 年 2 月 17 日

初探桃花溪

捋住枯瘦的胳膊　我们往上寻找
好容易将那涓涓的脉管一把捉牢
快坦白　你这卸了妆的山魈水妖
哪儿藏有你的皓齿明眸　朱颜巧笑？

别叫别叫　泄露机关　我可就犯了天条
明年春早　你且来吧　准教你眼热心跳——
山上晾晒着一团团　胭脂膏
水里漂洗着一袭袭　红旗袍

1995 年 1 月 26 日

人字瀑

狠狠的一撇——血如浆
悠悠的一捺——汗似汤
血汗交迸处　您将自己
站成了一堵人墙

风也飘飘　雨也扬扬
看哪　飘飘扬扬白发三千丈

您老了么？不！我老了么？不！
您有不老的珍珠　我有不老的图像

1994 年 10 月 20 日

干涸的人字瀑

一个风干了的巨人
耷拉着脑袋　投环于粗粝的石绳
天与地　远远地瞅着他
目光冰冷冰冷

又见耶稣！
十字架上　替真正有罪者受刑
我们何时惊醒？泪囊盈盈
复活他灿烂的光影……

1995 年 4 月 28 日

五种集中的方式及其过程（组诗五首）

芭蕾是怎样集中的?

一杆一杆尖利的鹤嘴锄

裹着云絮编织的迷彩服

扬起，又落下

落下，再扬起

真难为它们了，高蹈于纷纭的世俗

竟能不掀动半粒尘土

总是悄没声息，却并不总是

不总是掩饰它们的罪恶意图

它们谎称自己是最美的美梦

偏又执行绞杀人之梦的任务

轻轻一吻，便啄破无数蛋壳

悠悠一转，便吸尽无数幼雏

它们来时，拈着曼陀罗

它们走时，哼着催眠曲

可为何呀，它们竟不时窃窃私语

可为何呀，它们竟经常抱头痛哭

仿佛它们也有满腹心事要倾诉

仿佛它们正在央告人们多宽恕——

这原本是一群职业麻醉师呀

它们的哥罗芳便是它们的舞

一指禅是怎样集中的？

谁不认识那位胡僧达摩？
谁没听说他曾十年面壁？
忽一日，一头栽进熟透了的秋季
精、气、神，沿着十万八千根经络簌簌
  奔涌，往
一个方向，一个部位
    凝聚
于是，洞穴内外
大雾顿时消匿
每一座山岩
都苍翠欲滴
可倏忽之际，又翻地作天，坠天为地
万物纷纷倒立
（我的眼珠子都快要掉出来了呀
奇迹！）
大师无忧无喜无言语
细吞咽　慢咀嚼
这逆顺互变的真谛
守常偏异化为出奇
请看他一根手指头
支撑着无数量呼吸
什么叫轻？什么叫重？了无意义！
何处彼岸？何处舟楫？没有秘密！

只是到了这会儿

你才有缘参禅机

诗是怎样集中的?

"持续性大面积溢血"

请将这八个字

写进病史

但又必须详加注释

这血液本身不带任何病毒,且拥有

绝对高贵的品质

一滴,又一滴

一丝,复一丝

流贯于笔尖

过滤

　　提纯

　　　结晶为诗

民主是怎样集中的?

别声张!咱哥们儿几个私下里侃

什么叫群众?

乱七八糟,一堆粗矿

四楞八角,污黑肮脏

掏良心说——

只配扫进垃圾箱

实在忒优待了

居然填炉去炼钢

子曰:民可使由之

烈焰熊熊,甭体恤他烧了个七痨八伤

直到最硬的家伙绕指柔

直到多嘴的家伙不嘟囔

这时节,你试试,命令他们出炉膛

得! 保管一个个欢呼万岁庆解放

还有谁个吃了豹子胆

敢不规规矩矩服服帖帖顺沟渠?

看吧,他们一锭锭、一行行

一阵儿工夫,全部躺在了铁砧上

活像待宰的猪和羊

告诉你吧,人人作供献这就叫民主

皮呀毛呀骨呀肉呀哪样不派点用场

老兄,你且悠着小锤儿,不慌不忙

敲啊敲,叮——当叮——当叮叮当

方的圆的,长的短的,厚的薄的

教他怎样就怎样!

0是怎样集中的?

0! 伟大的概念

万物的终极! 万物的始源!

凭着0,我们告别蒙昧

凭着0,我们告别昨天

凭着0,人与兽,光与暗

彻底划清了界限

我骄傲,由于这一发现,一开始就

属于中国人——我们黄皮肤黑眼睛的祖先!

我们无须模仿希腊哲学家,睡在木桶里边

苦思冥想,彻夜失眠

我们也不必等待什么女巫的指点

方能做出诗的预言

0,是自身　又是别的事物

0,是这一个　又是无限

0,是特殊　又是普遍

0,是繁衍　又是衰变

神奇　美妙　魔幻　乃至法力无边

以0为坐标

一头诞生　一头涅槃

一头加　加　加　一头减　减　减

不是自杀的自杀

绝非暗算的暗算

转眼间　又纷纷合二而一

所有的生命　都一无例外地　呈现

0的缺欠

0的圆满

而所有的0　无首无尾相咬相衔

套成了永恒的连环

0是0

0非0

自然非自然　观念非观念

于是 这诗篇　也非诗篇

1995年1月23—30日　病中,合肥

自寿五章（组诗）

拒　绝

筑一道冷硬的冷硬的堤坝
掘一方幽黑的幽黑的鱼池
布一圈玄秘的玄秘的网罟
设一枚狰狞的狰狞的钩子
编一只恶毒的恶毒的牢笼
囚一对坚贞的坚贞的鹰翅
砌一堆惨白的惨白的骷髅
炼一团赤烈的赤烈的意志
绽一朵妖艳的妖艳的诱惑
撬一排钢铁的钢铁的牙齿——
我不是俘虏！我断然拒绝拒绝拒绝
吐露你千方百计妄想套牢的那个字
绝不！绝不！对于你　我只有蔑视
让我走！走！我向你所有的符咒告辞
须知　我本是旷野的尊神　风化之前
下决心要再在阳光中　尽情曝晒一次
什么十、九、八、七、六、五、四、三、二、一
远远地滚一边去罢　你那该死的　该死的倒计时！

1995 年 2 月 7 日　13 床

冷　藏

天可怜见！我竟变成了一块旱田
伏旱秋旱继之以冬旱　三层火烧云
一切的一切都龟裂了　龟裂了
除却这颗不死的心　葆有些许温润
可不知何故　忽而我又交上了红运
瑞雪沛然降临
纷纷扬扬
下个不停
下得四堵墙成了白的
下得天花板成了白的
下得众天使的衣衫成了白的
下得被褥床单成了白的
下得浴缸便盆成了白的
下得铁床光管成了白的
下得大小药片成了白的
而喝药的开水无疑是白的
白得透彻　白得纯净　白得温馨
白得像一座巍峨的伊斯兰皇陵
内棺外椁　缝合丝严
雪之坟呀冰之坟天葬之坟
我乃悄然安卧其中　等待
等待那盗墓的飞天女贼如约潜行
她肯定会来的　她一贯自律守信
想知道她的芳名么？

告诉您罢　她就是春
时候一到　我必苏醒
伸一个懒腰　打几声呵欠
自知　经过了这番冷藏冰镇
我会活得　千倍百倍的精神……

1995年2月6—7日　13床

病中吟

生活之卵　只不过包着一层蛋壳
既薄　且脆　跳跃着淡青的脉搏
您听　您听　您听呀　那是什么？
自内而外　由弱渐强　频频敲啄——

啊　终于探头出来了　命运孵化之丑恶
既不是展翅的雄鹰　也不是曲颈的天鹅
不是　不是　它得意时横行失意时匍匐
真像螃蟹一般　令人厌憎　又教人哆嗦

但它毕竟是一部奥义书　一支无字歌
一声没完没了的吟哦
谁是版权持有者？
爱与恨　顽强与虚弱　集体创作

1995年2月8—11日　11床

羊　水

我认得这胶管有处女的婀娜亮丽
我认得这吊瓶有妇人的雍容高贵
我认得这无数珍珠　一粒一粒
被指北针紧紧吸定复密密串缀
我认得这圣坛上的供奉
透过蓝色甬道井然有序
径直轻叩　轻叩开
我已然半闭的心扉

我认得珍珠正是血珠、泪珠和汗珠
我认得姆妈十月怀胎的欢喜
我认得姆妈一朝分娩的战栗
至亲至爱的姆妈哟　至今
我依旧荡漾于您伟大子宫的
浩浩羊水——
昨天浸种
今日追肥
昨天迎迓
今日挽回

长满胡须的胎儿啊
七十岁

1995 年 2 月 12 日　11 床

外面的世界

有一曲连唱带扭的卡拉OK 丑且怪
跑来将所有的病床狂摇猛拽 一而再
外面的世界很精彩
外面的世界很精彩
禁不住禁不住它的蛊惑
拖着瘸腿的昨天的士卒
坐着轮椅的昨天的将帅
纷纷出门 傍着窗棂儿远眺天外
那爬满皱纹复肿胀下垂的眼泡儿
竟茫茫然无端溢出些烦恼和悲哀

喂 伙计 何苦来
按说 咱们理该明白
无知少年说梦话罢了
他们几曾担待
那曾经撕咬过咱们的风浪
那曾经窒息过咱们的尘埃
难道 咱们谁真的能忘了
这世上，所有的道路全都横亘着石块
搬不动的仇 绕不开的爱
还有 恒河沙数的无奈

瞧 我就偏不倾听 偏不感动
　　　偏不低迷 偏不徘徊

不叹息　不懈怠
　　更不自认为失败
我唯一结记的是
至今　还欠着众人的一笔债
我当然偿还　绝不抵赖
用我的笔　我的心　我的血　我的脑袋
说真的　我倒憋不住直想吼
快让我走　快让我离开
不错　最后了　终归我还会回到这儿来
但须等　无债一身轻
银钱两讫　清清白白　再
听从老天爷安排

　　　　　　　　1995年2月27日　合肥

告白:1994年10月初,突然阵阵眩晕袭来,两眼漆黑,天旋地转,如此一日数惊。经确诊,为多发性脑梗死,医嘱立即住院。无奈我素来不识"关系网",因之硬是住不进来,一直挨到1995年年初,才好歹收容了我,服药吊水,拥被卧床,俨然一老干部矣。在那里过春节,过生日,花了人民的一万七千元。3月下旬,非但保全首级而归,还带回来一沓稿纸,歪歪扭扭,密密麻麻,长短竟得诗17首!《自寿五章》,固在其中。由于潦草,4月改了5月改,直至6月11日,方在写作机上最后一一勘定。回首生平,连我自己也记不清楚,像这样与死神逼面相逢复擦肩而过的遭遇,到底经历了多少次。然自问绝非贪生,实在是还有些该做的事不曾做完,只好再苦苦抗争一番。诗言志,亦此之谓欤。

最后的代食品

殡葬车开始启动
饥饿史正式告终

他住院不少日子了　关于
他的某些不体面的故事
早已御两菜一汤之香风
飘浮　传为笑柄　众所嘲讽

饭量咋恁地大？好像
打上辈子就腹内空空
小小一个馒头
直拎出千斤重
单凭这股子酸劲儿
也活该他受穷

快别胡说八道了　你们
你们　一帮成了精的蝗虫！

难道不害臊吗　他自幼吃糠咽菜　如同
遭罪的牲灵
　　　　咀嚼空落落的食槽
　　　　厮守空落落的马棚

翻不出半颗料豆

爆不响一声咯嘣

青草和秸秆　便是他

物质反刍与思想反刍的全部内容

于是　为了每日的粮食

他参加了游击队　姓了"共"

直到指挥起千百名

做梦都尽想着分地的贫雇农

后来　他虽被推进花花世界

却死心眼儿　结记着苦弟兄

脉搏　依旧伴乡亲们一道跳

血流　依旧同乡亲们一般红

而为了别人的粮食　上书言事

可谁又能料到　谁又能料到

一觉醒来　竟坠入沉沉噩梦！

从此　他反而失掉了自己的粮食

萎缩的肚肠　再一次接纳

麸皮　醋糟　玉米芯　红薯蔓　酸枣　刺蓬　槐花　榆钱

　田鼠与地龙

从此　他同样脸发灰　眼发绿

一把秫秸秆子扎出个人皮灯笼

从此　他真的落下了终身制的

胃疼　脾疼　肝疼　心尤其疼

三十年河西

三十年河东

老了老了　这会儿他又捧上了金饭碗

偏无缘无故地瞅呀瞅呀总怕有裂缝

何须说　医院新盖的大楼

他已永远无福享用

都怨他的命太硬呀

来匆匆　去也匆匆

此刻　工地上剩一群悲伤的白铁匠

正铆着劲儿赶制大伙房的鼓风烟囱

且闷声齐唱罢　咣——咚　送——送

　　咣——咚　送——送

这是最后一道代食品了

锤声啊　顶了丧钟……

　　　　　　1995年2月12日　11床　（是日有遗体舁出）

死亡契约
——在医院跨入 69 岁

嗨　死神　我的老邻居
一板之隔　常听见您的呼吸
大器！您敢圈定一个"死"字
当作自家的姓氏　图腾和王徽
却又比谁都活得舒坦自在皮实

　　　堪笑汝等自命万物之灵　瞎吹！
　　　竟被顽石司芬克斯绊倒于平地
　　　吓得浑身鸡皮爆栗　魄散魂飞
　　　其实　那不过是比着我仿制的赝品
　　　且只顾刁难过客　全不懂守道自律

纵然它算不得您的嫡传　我也回避
何况　我还领教过您这位绝对权威
我知道　阁下有一宗……一宗怪癖——
专门爱挑凡人的良辰吉日
冷不丁出上一道凶险难题

　　　怪癖？胡说！那是我的独家专利
　　　论说你们的孔丘先生　称得上人中精粹
　　　就他　也突不破我设下的七十三道重围

这才丢下一声长叹　道不行　乘桴浮于海
　　　咳　现如今　也不知老头儿漂泊去了哪里

岂敢　区区算老几（您看我自家掌嘴！）
不过　我却心存侥幸　试着耍点鬼把戏
我晃了晃手中攥着的一沓旧门票　敢问
这上面盖的是否阁下您的钤记
可按日期　它们早该全部报废……

　　　啊哈　好一个大胆的机灵鬼
　　　我何曾忘记　多少回教你讨了便宜
　　　死神微微露齿——三分调皮　七分诡秘
　　　给！再添上一打蜡烛　小心抱回家去
　　　插在最后的蛋糕上　运足气将它们吹熄

太谢谢您啦　我该怎样表达这深深的感激
除了诌诗我别的不会　可否让我用诗来赞美？
赞美您无私地掰碎肉体又公正地实行配给
赞美您自始至终保持着完整稳定和超越
我想说　唯独您是永恒之永恒　终极之终极

　　　噫嘻　想不到诗人还兴拍马屁
　　　不过　我不能不承认你说得对
　　　生　固然是热热闹闹哭哭啼啼
　　　可最后了　只不过捧一堆冷灰
　　　风来　撒作尘　雨来　捏作泥……

喳　喳　绝对真理！
花开一季　花落一季
花开花落　便是人间祖祖辈辈
可今天又临到我快乐　可否高抬贵手
恩赐些许凭据　点头俯允或略示笑意

　　好　趁我这会儿高兴　姑且满足你
　　不过　咱们有言在先　行事得规矩
　　大限一到　我可照章办理　不管
　　谁贤谁不肖　谁智谁愚
　　化有为无　化动为寂　便是《福音》中的麦粒

　　　　　　　　　　　　1995年3月7日　11床

三 虫 吟

苍老的蟋蟀　打从《诗经》里拱出来探头窥看
它倒抽了一口冷气　开始小心翼翼地调试琴弦
由于蒙尘　弓法略带滞涩　曲调满含幽怨
——但毕竟还是那一只　它, 没　有　变

凤蝶舞姿翩跹　傻乎乎的乐天派！可怜
竟忘了那个姓庄的　连做梦也老谋深算
剽窃过美丽的翅膀　加工成美丽的寓言
——但毕竟还是那一只　它, 没　有　变

听！听！那大墙之内　那高树之巅　苦蝉
正反复讽诵流行的谣谚　不嫌渴　不知倦
痴痴地守候着当代骆宾王　一一采入诗篇
——但毕竟还是那一只　它, 没　有　变

它没有变　没有变　素朴的三虫们都没有变
变了的是不再素朴的土地　不再素朴的心肝
变了的是人　千千万万　万万千千
千千万万丑而又丑　万万千千贱而又贱……

1995 年 3 月 6 日　合肥

西部蒙古（组诗十九首）

鹰王巡狩

草原鹰是草原王徽。

他的威仪，无关乎他出巡总擎着黑的华盖，舞着黑的牙旗，

也无关乎当远方地平线上确有猎物露头，且值得搏击，他必定发出的亮唳一啼；

他只是绝对拥有真正的王者气度，风神凛然，游弋所至，肃静回避，教一切四脚的和两脚的生物自惭形秽。

这，正是他全部威慑力量之最深刻的秘密。

然而，他又很在意，很在意——

那帮成吉思汗的拖鼻涕苗裔，视线所及，娃儿们一面扑着投影，跳踉趔趄，紧紧追随，

一面匆匆将手指头塞进小嘴，"看哪！鹰！"呼哨灌满狂喜，直喷天际。

鹰王神课

您结巢于草原尽头，某处陡壁悬崖之上，岩穴向阳。

早课照例是长时间的打磨双翅——为了给每把茶炊、每袋烟锅配给火光，

稍后的正课便是将失血的荣耀、失语的狂欢和失贞的梦想一股脑儿挂上天街云坊，

令众骠骑四蹄躁动，日复一日地形销骨立，引颈长嘶旋又垂首思量。

翼若弓,喙如矢,睛似钩,爪赛钳,俨然可汗升帐——

暗默中的大暗默啊,嘹亮中的大嘹亮,孤独中的大孤独啊,辉煌中的大辉煌。

该做晚课了,您又总是选择王陵作经堂;您本已极度疲惫,却犹自振翮,不敢称累,低低地,且盘旋,且滑翔:

躬身到地,一来向长眠者请安,二来询问,可曾新想起了什么,要对那不肖子孙宣讲?

蒙古褶

蒙古褶,人类学学名,专指蒙古利亚人种特有的眼睑构造,它完全遮盖了泪阜,俗云单眼皮。

戈壁是这般空廓,朔漠是这般干涸,罡风是这般焦灼,

平衡着水的匮乏,补偿以歌的丰硕,

不识泪腺、不会哭泣的狼族虎种啊,您的智慧,您的悟性,您的本能,您的直觉,

尽在于这道蒙古褶。

忆往昔,少年的我,也曾放声歌唱过自家的豪迈和刚烈,

当然我珍惜那份豪迈与刚烈,当然我感激祖传的蒙古褶,

只是到老来,它终不敌时间纷纭错杂之斧凿,

至此我才了然:生活,远比戈壁、朔漠、罡风更其暴虐。

铁　花

凡有矾松处,必有铁矿,因之,矾松花又名铁花。铁花终年不败,是

大自然馈赠给探矿者的指北针。

铁花铁花,你是铁,你不是花,
因此上你才有了主干的雕翎,盘根的鹰爪,
因此上铁的地将你铸成了坚硬牢固的纽扣,
因此上铁的地将你锻成了纹章典雅的铠甲。

这样的花,可否当瓶插?
当瓶插,是否委屈是否冒犯是否亵渎,我拿不准我好害怕,
犹疑间,老矿工却给我采来一大把,看来铁花最听铁的话,
抱着花,犹如抱着快乐——从今后,肯定我会有双料骨架!

蒙古斑

蒙古利亚人种的婴儿,臀部一般都有与生俱来的絮状印痕,淡黑色,学名蒙古斑,俗称胎记。

咱们是黄种人,黄种人是噩梦般的蒙古利亚人,
咱们有同一的肤色、毛发、眼睛、体态和脸型,
咱们有同一的光荣与屈辱,同一的梦影与歌吟,
咱们的衣衫掩蔽处,都珍藏着同一的密码资讯。

咱们由地球五分之一的团粒结构化生,又复归于五分之一的微尘,
但咱们从未妄想过要覆盖全世界的大小河川、草原、山岭和泉井,
当然,无须声明,咱们的意志也是绝对绝对同一的:
呔!别走神!别将这蒙古斑错认成驯马编号的火印!

荞麦地

高台之上是草原,一块绿毛毡又厚又大,
毛毡外缘,密匝匝绦了一圈荞麦花;
花是妹妹绦的,她在开拖拉机耙地,
毡是哥哥铺的,他正骑摩托车牧马。

起先,是风儿替上家传话,说绿毛毡看上了荞麦花,
荞麦花不忸怩,痛痛快快作答:请捎给他这条哈达!
不料,风儿竟飞红了脸,戳着自家的心窝胡乱比画——
糟了!勺子要当第三者了,难道它想搅和这碗奶茶?

向云雀介绍戴胜

蒙古云雀,又名蒙古百灵,栖息草丛,一飞冲天,善鸣;戴胜,有显著栗色羽翎,长喙,嗜食昆虫。

眼看半个世纪啦,当年我曾聆听过一位国际大师手持排箫将你歌唱,
我和他的二十一支芦管,全都大汗淋漓,奋力追赶一片纯金的单簧。
从那时起,哦哦,云雀,我一直尊你为普天下自由之王,
精灵也比不上你呀,你深谙神的话语,你命该直升天堂。

可今天我牧了马牧了牛牧了羊牧了这千里茫茫,
我却决定要改变主张:必须削减你一半的荣光,
请想想吧,缺了戴胜草原魂岂能保持完美形象?
一根套马杆是支不起帐幔的呀,得挤奶,得接羔,得剪毛,甚至还得打
　　狼……

蘑　菇

倘若你问我,草原上最大的蘑菇叫什么?
我将毫不犹豫地回答:云朵。
白云朵,黑云朵,深深浅浅的灰云朵,
也许,还该算上那薄明或向晚时分昙花一现的红云朵。

草原上,唯有云朵像草棵,能直接从大地上发芽,抽条,成活,
而且,真个是四季常青呐,无人收割,芬芳、洁净、葳蕤又祥和;
你看,这一点,连一贯装聋作哑的天公都早已私下窥破,
要不,他岂能渥发跶足乘伞降落,还自顾自说:人间唯独这边好,能让我
　　拥被高卧……

大爆破

白云鄂博。露天矿。四十年光景挖下了一口锅。但它见面就斥责
　　我——以一连三声,天摇地动的大爆破。
炸药,粉尘,石块,铁屑,草沫,按配比混合,制作成了这蘑菇云似的食人
　　花朵。
透过难以消除的烟雾,我终于重新发现了那个久被捉弄的灵魔,
此刻,他正满面愠色,打算扔掉手中那枚黑坚果。

我真想爬上高高的塔吊,向着远远近近我的同龄朋友大声吆喝:
喂,伙计们,咱们都聋了多少日子啦,
难道不该借这里的黄钟大吕,狠狠地
刮擦刮擦咱们积垢结痂退化了的耳膜?!

听 歌

在白云鄂博矿区,我有幸多次谛听由作曲家郭显成本人演唱的《白云鄂博之歌》(张钟涛词),每每热泪盈眶。我以为,这支歌的特点是,蒙疆魂魄,矿工襟抱,双美兼备,其思想、艺术水准,绝不下于《克拉玛依之歌》。可惜,迄今未得广泛流传。

听歌。
我非泥胎,非塑料模特,徒具虚有其表的漂亮耳朵。
我也拒绝将自己当作一无所有的空桶,不论别人拎去盛鱼汤,还是装毒药。
我依靠的是心,仅仅是心,用心去筛籤,用心去捕捉。

歌是生活的人,歌是人的生活。
我坚持用心去拥抱一切应该拥抱必须拥抱的事物,比如希望、忧伤和快乐;
而每一支曲子,又有着各各相异的脉搏,
凭着它,我能区分:或血脉贲张,或涕泗滂沱,或反抗,或压迫,或诅咒,或哆嗦,或梦呓,或呻吟,当然,也有可能是精神病患者的歇斯底里大发作……

马头琴

月黑风高。夜半时分。主客数人于蒙古包中坐听鸣琴。
琴是马头琴,曲是《嘎达梅林》,心是血肉心。
主人先开口:依我看,这尘世之上,能般配真英雄的唯独马头琴;

"为了蒙古的土地",雁落草滩,那头雁便是嘎达梅林。

我接过话头:虽然我非蒙人,我同样感激土地的恩情,
虽然我非蒙人,我同样愿紧随头雁前行。
突然,马头琴发言了,控弦一抹,风雨骤停:
别害怕,我是马,不是琴。听说过当年有匹千里走马救英雄的故事么?
　我,就是那匹走马漂泊至今的活灵魂……

王嫱当年

嗨,王嫱,草原不可久望,尤其不可倚帐久望,
哪怕你倚的是插满彩旗,铺满兽皮,挂满锦缎的可汗虎帐。
望久了,那天边的青草会陡地变黑变黄,
望久了,希望势必渺茫最后混同于绝望。

而且那天上大大小小的云彩,也将误中妖法,成为魔障,
它们撂下的暗影,会变作老年斑,一举占领你的姣美面庞。
嗨,王嫱,草原不可久望,久望不可当归,纵然你泪珠一颗砸出了清泉
　一汪!
我还猜想,那一代代单于,戎马倥偬,即便手搭凉棚,流连的也是异域
　他乡。

唐诗转世灵童

必须走进唐诗。
必须仔细访寻王翰王维们高适岑参们早已凝成化石的足印,
同时带上觇尺检测孤烟的角度,带上圆规校正落日的弧形,
再张大你的嘴吞咽几口狂雪,并枕白草、红柳于沙碛野营。

应该走出唐诗。

应该将汉人的瞳孔换作胡人的瞳孔,

且大吼一声:月比秦时瘦了,关比汉时丑了,风比秦时恶了,草比汉时
　　矬了,

能如此,方有指望,当一回王翰王维们高适岑参们的转世灵童。

酒　歌

对酒当歌,据说是诗人曹孟德屡遭轮奸的名句,

如今要找它,得认领酒类广告画面上风干的尸体。

不承想,来在了远离中原的塞北,教人忒惊喜!

原来,每座蒙古包都在救死扶伤,实行革命的人道主义。

我这才明白,酒虽不是水,兑上酒歌立刻还原为水,

我这才懂得,酒虽不是火,添上酒歌马上烈焰飚飞。

捧定银碗吧,摘一串珠玑,上抛向广宇,下撒向大地,中缀向额际,

主人,歌者,以及你自己,必有神鬼相助,参透这水火相生的玄机。

投石问路
　　——献给丁道衡先生

　　白云鄂博,蒙语,音译,意即神山。1927 年,地质学家丁道衡先生勘察至此,携走矿石数十枚。四十年后,矿区中心有丁道衡先生铜像在焉。

万年不遇!山神爷有幸撞见了你,

他乃当机立断,连投铁石数十枚,

你说:那么走吧,跟我走,保你大吉大利!

我将带你跳一圈火舞,烧尽这该死的恶寂!

如今,山神爷诚心诚意报答你,恭请你荣归故里,
你来了,半忧半喜,朔风徒劳地梳理着你的思绪:
富裕树参天,怎样教花果们倍加盈美,少一点藤蔓的污秽?
你也想投石问问路,无奈天色迟暮,你已有"质"无"地"……

五当召

五当召有喇嘛庙,雄伟壮丽,素有"小布达拉宫"之美誉。

好风水!黄沙万斛一粒绿,救苦救难的佛陀到此为之赏心悦目,
他许愿:营造北国的布达拉宫,必得就地破土,岂可指望别处。
于是,白塔五色幡风铃藏经转和玛尼堆,纷纷由拉萨迁来落户,
高耸的金殿群,便由佛法、德行、哲理、医药和历数福佑长驻。

如今我更亲眼目睹,长途汽车辗转反刍,吐出香客无数——
风尘仆仆,清一色的眯缝眼、罗圈腿,描绘出他们高超精湛的骑术,
酥油桶磕绊着长筒靴,充过气的腰包,也显得元精十足……
因善男子等身长跪,我乃顿悟:诗须是别一宗教,我须是别一迷徒!

拜访包音贺喜格

六十年代,内蒙古草原出了一对英雄小姐妹:龙梅和玉荣。她们为了保护集体的羊群,小小年纪,便敢于同突如其来的暴风雪顽强搏斗。而日光大队大队长包音贺喜格,又为了寻找和抢救这对牧羊姑娘,冒着生命危险,投入了白茫茫的无人世界……我以为,他(她)们才是真正的英雄,即,英雄的普通人,普通人的英雄。

草原没有路。呜呜低吼的电线便是路。

抓住这一线希望,我们寻找牧民包音贺喜格孤零零的小屋,

仿佛捋住一股又细又长的绳子,去搜捕

那不知遗落何方的纸鸢(也许,只剩下了一把骸骨?)

包音贺喜格是谁?现而今有谁清楚!

被老包从积雪中扒出来的龙梅玉荣又是谁?现而今有谁清楚!

比起草原暴风雪来,时光暴风雪当更残酷,更恶毒,更恐怖,

否则,主人岂能淡然一笑,将长长的故事压缩成小小的事故。

达尔罕篝火

说实话,生平从未见过这等奇观,简直不可言传!

血红的篝火竟能舐出个漆黑的深渊,

亢奋的草棵与哑静的云朵远近交欢,

眼珠子都生疼了,捉牢偏又飞蹿,星光迷离错乱……

围着火堆舞蹈的女子们,全然是刚刚逃离《聊斋》的狐仙,

特别的欢喜若狂,也特别的善解人意,楚楚可怜,

然而她们终究像一群木偶或者驴皮影子,徒有灵动的躯干,

只不过暂登上达尔罕的歌榭前沿,转眼风流云散……

鹰王寓言

噫!您,黑色闪电,烛照天地的好一炷灵焰!

草原有您,黑色闪电。非草原有您,黑色闪电。北南西东各地皆有您呀,
  黑色闪电。

大雪封山的季节,您是远古乐圣着意孱入的不调谐音;淘气如蝌蚪,泼辣于总谱之白练,令嬉戏的鱼们惊恐不安。噫!您,黑色闪电。

待到草原冒烟的日子,谁是头号疑犯?无从缉拿归案。但见乱纷纷遍地羽毛,犹如烧焦了的火把碎片。噫!您,黑色闪电。

攥您于掌中,化名霹雳,噫!黑色闪电。

孕您于心坎,昵称地火,噫!黑色闪电。

然而眼下,您却不思食不思饮,并将所有的易燃易爆品,暂时均寄存于上界某一堆栈;而芸芸我辈,乃喜结洗耳恭听的善缘——

孟子曰:"引而不发,跃如也。"噫!您,黑色闪电!

1996年9月　改定于合肥

大病初愈，读许以祺摄影作品《天葬台》

肯定是你自家的麻袋
如今裹自家的尸骸
肯定是你自家的铁锤
如今砸自家的天灵盖

且随灵鹫飞往天外
回头再瞅瞅这座平台
也许你会暗自惊心
到底是远游还是归来

且随灵鹫落下尘埃
才发觉那祭坛竟是别一世界
但转念一想　随它去吧
无所谓快乐也就无所谓悲哀

其实灵鹫们又何尝自在
金刚身与五色幡轮番朽败
哪如你早早地投入顽石
不黑不白恍如混沌未开……

1996 年 9 月 19 日　合肥

星星是我们辉煌的诗行
——贺《星星》创刊 40 周年

迎着日出的方向　我们夜航
星星　写满了黑漆漆的舷窗
在那儿　星星正忙着组装阳光
星星　原本是我们辉煌的诗行

舀来火舀来太初的热量　拌上
泪与笑　汗浆　泥土以及麦芒
我们用它　反复填充激烈的焊枪
夜航　夜航　捧出带露的朝阳

1996 年 9 月 19 日　合肥

距离：从蒙垢到雪耻

自虎门
　　　去香港
这条路　竟有一百五十六年长①
林则徐
　　　邓小平
一代代国士　蘸血挥泪苦丈量

如今的虎门
　　　　真有虎
往后的香港
　　　　真能香
紫荆花繁著古树
——刚胜脊梁柔似肠

1997年5月7日　晨六时得句,急就

---

① 1841年1月25日,英国海军偷渡磨刀洋,强将米字旗插上了香港太平山。

城墙上的谷浆树
——读郑文华摄影作品《生命系列》之一

谁有胆量,谁不妨去问问国王:
您这城墙,是否也就等于宫墙?
墙墙相连无空地,万里长城万里长。

  它怎么活呢?它的土名儿叫谷浆。

小谷浆呀小谷浆,逃离王畿的小谷浆,
其貌不扬,偏骨骼顽强——
国王决心寸草不留,小民无奈选择风霜。

  它怎么活呢?它的土名儿叫谷浆。

可这么一来,就仿佛它已僭立为王,
只不过您高踞金殿,它却偃卧关厢,
大概这也算平等罢,各守各的边疆……

  它怎么活呢?它的土名儿叫谷浆。

1997 年 9 月 9 日　合肥

银 发 颂

谁说,现而今只剩下了金币
是穹隆中唯一仅存的光体?
不!拂去流云薄翳,便见银波疏密,
它,难道不正是那烛照万物的星辉?

何其壮丽!犹如弹穿战旗,
待硝烟散尽,已如丝如缕;
但,在思想的制高点上,
它依旧呼啸,呼啸着睿智与无畏!

凡与头颅共生的,必有强大的根系,
唯它攥历史如泥,令一切团粒凝聚——
我不信,这世界将从此夷为废墟荆榛遍地,
我不信,金钱豹竟胆敢踩蹦典籍放逐人类……

蝴蝶与贝壳
——参观亚龙湾蝴蝶馆和贝壳馆

我寻思　贝壳是蝴蝶的水成岩
我猜想　蝴蝶是贝壳的"飞天"

　　世上的蝴蝶有多少翅
　　世上的贝壳就有多少扇

桑田沧海　沧海桑田
斯年亿万　亿万斯年

　　我希望　我也能变一翅蝴蝶
　　餐风饮露　在躁动中入禅

我祈求　我也能变一扇贝壳
含英咀华　于警醒中酣眠

1998 年 3 月 28 日　三亚

心羁三亚

该怎样准确估量您呀,三亚!
金沙无价,碧海无价,蓝天也无价,
不论我踅进哪座超市,
都找不到您的黑白条码。

可身前身后,总有神秘客跟踪吱喳:
——聪明的诗人哟,你还是太傻太傻!
唯独自由最无价,澄澈透明中
岂能触摸不到它长满棱角的光华!

是谁这样口吐玑珠,舌灿莲花?
我伫立,静听对方的回答。

知道吗? 大唐王朝有只不死鸟①,一千年
才挣脱幽闭,如今刚刚飞临海角天涯……

1998 年 3 月 27 日　初稿于三亚
1998 年 4 月 3 日　改定于广州

---

① 中唐权臣李德裕,宣宗大中三年(849 年)因受谮被朝廷放逐,正月抵达贬所崖州,12 月即病故。尝有诗遣愤:独上江亭望帝京,鸟飞犹是半年程。青山只恐人归去,百匝千围绕郡城。

水果系列（组诗五首）

苹 果

苹果！
红红圆圆香香甜甜亮亮的苹果

据《创世纪》说
你还有个别名叫诱惑

又说 亚当夏娃一不留神吞食了你
由此便种下了恶

而你是无辜的呀
这是人之罪 不是你的错

你一万年保持缄默
等待谁？ 谁来替你湔雪？

这人终于来了 他也在等待呢
等待你因真正的成熟自行坠落

看！他兴高采烈地笑了
啊！是伟大的万有引力！不是苹果！

你也兴高采烈地笑了
是苹果！是造物的伟大自我！

香　蕉

若非天神之手　谁敢自命为"相救"？
无数的骈指　释放着无数的讯号
——平日里偏戴着绿色绝缘手套

哈！这位天神真比小娃娃还淘气！
他总要伸出肉嘟嘟的大手抓住你：
猜猜　这巴掌心都藏了些啥秘密？

我当然拥护这样的天神
因为他简直就是老百姓！
何况你一旦替他摘下手套
就能将讯号一一指认
平实　甘甜　绵糯　温馨
更奇异的是还有稻麦的秉性

脐　橙

什么叫时尚？什么是流行服装？
开天辟地　自来物种就这模样
每颗甜橙都把自家的肚脐眼
完完整整地暴露在正前方

人说此中有下意识有原始欲望
脐橙笑　那是你们自家的幻想
水果是水果人是人嘛　为什么
不让别个大大方方地自然生长？

——脐橙啊　你有见识有骨气有胆量
这才叫作万物有灵　各行各的主张
人世间风闻仿生学
自然界岂用学生仿！

荔　枝

一骑红尘妃子笑，
无人知是荔枝来。

——唐·杜牧

日啖荔枝三百颗，
不辞长作岭南人。

——宋·苏轼

无缘无故我咋老念叨荔枝？
真叫我感到忒不好意思
如今又胡诌下这些韵文
也不知是献丑呢还是献诗？

我也曾想私下里请教苏轼
又不忍像无知的道童那般冒失
——先生一辈子哪睡过囫囵觉啊

怎好用钟声搔耙他如泥的睡姿

虽然事情明摆着无须掩饰
他不过是强装出潇洒不羁的轻松样子
刑徒流徙和死囚待决分什么轩轾
谁能岭南偷生？一切听候圣旨！

是的　到处有荔枝　哪怕每日剥食三百次
试问　哪一颗不充满既苦且涩的潜意识？
我说先生您啊　满肚子的不合时宜
唯有天知地知自知朝云知……

想当初　我也曾头箍荆冠作别京师
西去西去二十二轮大暑二十二轮冬至
沙暴中摇晃着的高粱照例黄叶纷披
山民们从生到死几曾见过什么荔枝！

而为了打发那似乎难以穷尽的日子
我也曾一再捧读先生潮水般的诗词
追随您守杭州镇密州　三落黄州惠州儋州
叹息您豁达的无奈　品咂您酸果的蜜汁

从此我也把人世风波当作是无卷考试
从此我也把乡野荔枝认定为神仙美食
从此哀怜老父的女儿更年年自作主张
鲜果面市便买　还说　这是别一种祭祀！

缘何今日的荔枝渐渐变质？
味道不正且有色素染我手指
我乃自知咽不下这份福祉　然而
先生虽善缘广结　又岂能追攀杨玉环女士！

您看吧　单凭那一团团如雪的凝脂
就曾击倒过多少条汉子！
有一位王牌诗人（大名妇孺皆知）
竟也俯身屈就　挖地三尺替她罗掘谀辞

因而小小的沉香亭成了历史性地址
其间的香艳节目无数　级别全是三 X
那被尊为梨园老祖的李隆基先生
原本就是情场老手嘛　演来自然汪洋恣肆

这也难怪　皇帝老儿从来都是不可一世
他们总是把中国当作后宫国事当作家事
凡是他中意的佳丽就是他的妻妾
而防范男子实际上是防范绿帽子

于是乎便发明了所谓的"蚕室"——
多么富于诗意的名字！
仿佛打那儿出来的雄性动物
一个个全都能由蛹化蝶并且插上粉翅

正是这样　经过宽大处理的司马迁太史
由死刑改判宫刑　才得以来此大长见识
俗话说　他硬是叫活活地阉了劁了骟了呀
打官腔的套话却偏要写作："去势"

"势"！男人没了势活得还有啥意思？
可皇上认为　唯其如此方能天下太平四海无事
连自家蛋子都看不住的人还闹腾个什么劲儿？
都给我滚罢　寡人情愿多养几个高力士！

可内庭再大也无须那许多奴才服侍
何况奴才多了还有麻烦的奴才官司
那么　该拿这多余的家伙咋办？——命令他们
安分守己　须知汝等裆里并无那项设施！

从此"精神太监"便十分的兴旺行世
偶有不听话者比如苏轼　罚往岭南生吃荔枝
苏轼老先生您倒是因祸得福了　可贵妃小姐
却像一枚吐出来的荔枝核　马嵬坡前弃尸

……写来写去　我似乎写成了一篇荔枝野史
不过据我看　荔枝野史实在也是中国野史
当然　方今的广东从化人氏不在其例
唯他们是真正的上帝选民　天之骄子！

1998 年 7 月 25 日　合肥

水果刀

水果刀一露脸
水果们就全写完了

那么　何不写一写水果刀？

君不见　如今水果刀也在异化
往往并不用来削水果
倒是用来杀人

刀自然还是那把刀
只是某些心肝不同了
　　　　眼神不同了
　　　　　手法也便不同了——

削水果是需要柔情的
　　　　　　　斜
　　　　　　斜
　　　　　　　地
　　　　切入　或者
　　旋转

可杀人呢
却是
　笔

直
捅
去
！

1998年8月1日 合肥

枯　叶　蝶

你既诞生于春之疆域

便自动取得了春的国籍

缘何又把灵魂留下　并将灿烂尽数蜕去

一似随手脱衣　且兀自取笑　这也是纳税

说罢乃远走高飞　择枝于乔木之纷披

在那顶端　你盖了座小小的修道院

每日里只独自啜饮甘露三五滴……

然而你并不学长老　拉紧窗扉

私下配制秘不示人的药剂

也不像贪财的世俗教士

埋头于葡萄酒的勾兑

你忙的竟是格物致知

要穿透这大千世界一切繁华落尽的胴体

你把服装设计　当作了天命神意

且沉醉　且终于享受了成功的大欢喜——

枯叶一袭　缤纷委地

于是你展示你定格了的生命

晓谕天真烂漫的少女

要警惕！　悲剧充满着全世界

灾难的源头正是美……

1998 年 8 月 8 日　合肥

石头档案（组诗八首）

墓　石

知否？填满人权宣言的　尽是些石头
从开宗明义第一条　一直填到了最后
食物　住房　性爱　无上的心灵自由
以及对儿孙后代可能误入歧途的隐忧

眼下　所有的人们正在所有的路上奔走
纵然倒下　也没有谁枕住任何一块石头
石头　兴许可以雕琢些花草雕琢些荣耀
可宣言等着回收的　须是最纯粹的路标

独脚人之石

惠特克个人资料：男，美籍，49岁，教授。1979年曾于车祸中丧失右腿；1998年5月27日，自尼泊尔一侧登上喜马拉雅山，并从海拔8848米的珠穆朗玛绝顶捡回来一块石头。他此举首破残疾人运动世界纪录，但也较一般登山运动员多付出了35%的体力。

人世上　墓碑大抵用的都是些普通石料
不过　五花八门的墓主却来自三教九流

试看　这位必得卸下假肢方能上床的半老头
就忐不安分忐爱冒险忐想手执地球之柄梦游……

的确　他昼也盘算夜也思谋　什么时候
能让自己头戴一顶万年不化的冰盔雪帽

记住了　希腊神话里西绪弗斯的手铐脚镣
淡忘了　现代生活中命运之神的恶毒诅咒

他　既缺少右腿也缺少现金更缺少支票
只有心　只有超支35%的体能可供燃烧

但他决定跟命运开个西部牛仔式的玩笑——
出手直扼咽喉　绝不让对方挣扎和吼叫

想象中的坟包将高举珠穆朗玛的石头
墓志铭也将放飞始祖鸟放飞绝代歌谣——

西绪弗斯发愁　惠特克微笑
西绪弗斯办不到　惠特克能够

干河槽之石

这会儿　有谁还往黄河扔石头？
黄河已不能再把石头掖进袄袖

黄河断流！

九节鞭噼里啪啦一似野火烧
不是赶羊　尽赶石头

黄河断流！

石头们满河槽乱滚吱哇叫
——我痛！凭啥虐待我　我来自大秦朝
——我痛！怎敢欺负我　我来自大汉朝
——我痛！我会吟诗　我来自大唐朝
——我资格嫩　可我来自好人架起的黄河桥
——我运气不佳　我属于坏人扒开的花园口
——我骄傲　我从宝塔山来　我会唱《黄水谣》……
——不错　我们的确气息奄奄绝对老朽
我们是祖爷爷的石斧　石镞　石刀
我们怕光阴虫的又吃　又啃　又咬
无奈何才将锋芒棱角全数收藏牢靠
今天倒情愿开膛剖肚恢复青春年少……

可是　我们马上就要渴死了
借一滴眼泪救命罢　行行好
不是我们怕死
一旦我们死了
黄河　该上哪儿找？
文明　又上哪儿找？
人啊人啊　别把我们当石头

非石之石　万古中国的国宝!

1998 年 7 月 19 日　合肥

圆明园燧石

你们好哇　圆明园大大小小众石头
光焰万丈劫灰后
再生　再生　万寿　万寿

最可恨　总有那么几个败家子
谋算着将你们牵上市去全卖掉
先开妓院　然后他们自己也来嫖

别玩火!
炼狱里打磨过的是燧石!
小心烫了手!

1998 年 8 月 28 日　合肥

别一种顽石

诗人安格尔到过中国一趟
回去写了一本《中国印象》
印象最深的竟是一块石头——
它会早请示晚汇报它会歌唱红太阳

说它是中国的石头么　不像不像

它仿佛在教化之外根本不懂礼让
不过若要说它不是正宗地道国货
历次两派"武斗" 它却又帮过大忙

不管哪一派 只要用它它就"上"
同样卖力也同样把人砸个不死即伤
因为有一个念头它毫不含糊：
反正这是革命人打原始仗

感谢安格尔笔录下如此美好的印象
使得我们永远能从石头中汲取力量
眼下我们就不妨考察一下前后左右
石头该往哪儿贮藏 以及如何包装……

绝句：花岗岩变成了残忍的石料

我认为，丛维熙的《走向混沌》三部曲，正是中国的《古拉格群岛》。

花岗岩遭到了恶毒的诅咒
花岗岩变成了残忍的石料
花岗岩垛起了别人的神庙
花岗岩錾下了自家的惨笑

法利赛之石
——《新约·约翰福音》故事仿写

中国自古号称地大物博

因之石头也就特别的多

据说　法利赛是中国最强大的石头部落
绝对的少数民族倒是耶稣　就他一个

法利赛像纯洁的石头一样高尚
全部落专业捉奸　特点是从不捉双

这一天　一伙法利赛照例在街上逛荡
果然又教他们逮住了一名暗娼

他们押上妇人气势汹汹地找到耶稣
如何论处？要求人子立即答复

法利赛中的文士本来就老马识途训练有素
当众便把摩西十诫一口气背了个滚瓜烂熟

要么是对娼妇实行群众专政乱石击毙
从而法利赛就袭取了生杀予夺的权力

要么是耶稣狗胆包天竟敢公然反对
那正好　将你小子一齐推上被告席

法利赛们手中全都攥紧了石头
自以为得计　这一回可是使了个高招

岂料蹲在地上的耶稣忽而起身直了直腰
低声应道：你们当中谁个没罪谁个下手

一时间众法利赛老老少少都息了喧嚷
耷拉下脑袋犹犹豫豫地退出现场

只剩下耶稣一人立在中央
还有那娼妇兀自眼泪汪汪

耶稣说　妇人你也回去了罢
下次再犯可就是自愿挨砸

倒是耶稣本人仿佛遭了毒打
咬咬牙下决心从此远走天涯……

打那以后中国的石头就开始满天乱飞
耶稣走了　镇得住法利赛的还能有谁？

娼妇固然可恶但嫖客何以无罪？！
这道题至今似乎仍有争议

倒是局外的旁观者提了个参考答案
很可能　法利赛本身正是涉案主犯

然而耶稣却宣布不愿来华旅游参观
于是这官司只得暂且压下日后再判

石人石马轶事

时间无始终
历史才划年轮
历史却盗了时间的名

所有的石人石马
既肃立于帝王陵寝
又在历史中飞行

一个朝代灭
一个朝代兴
兴者竟附着灭者的魂

何等触目惊心!

怨不得忠厚长者
把遗言咬在撬不动的牙龈——
多扎几具纸人纸马吧
我要借纸人纸马的身影
　　乱石人石马的大营!

漫天舞的是黑蝴蝶
　　遍地印的是死之吻……

1998 年 8 月 3 日　合肥

姑苏画外音（组诗八首）

园林夜思

红尘滚滚
园林萋萋
白日梦沉沉
前朝事纷纷

梦游者和游梦人
相随市嚣杂沓行
夜阑高楼气如虹
乱梦添几重？

沧浪亭

一声沧浪亭
潸潸泪难禁
沧浪是好诗
好诗摄精魂

达哉苏舜钦
罢官不罢吟
政息人未亡

人亡竹成林

沧浪之水浊兮
可以濯吾足
沧浪之水清兮
可以濯吾缨

我今既濯缨
唏嘘复沾巾
姑苏此别后
沧浪抵万金

盘门小曲

盘门是口瓮　以苔敷釉　既腻且稠
砖　泥灰　糯米汁　固然必不可少
但骨干原料却是人的脑细胞

太平岁月　碧水流贯大地
铺展开锦缎万千匹　柔韧无骨　光彩四溢
何须问　这是苏州人的软组织

一朝事急　便落闸严堵　舟楫断路
宛如淋巴结抗拒病毒　苏州人
匠心如此　诚非才子莫属

于是　盘门乃成为图腾
象征着苏州才子们防御性的神经——
人若犯我　我也未必犯人

苏州才子是七分温良三分慵懒寄情翰墨的族群
他们的四肢天然地适宜于抚琴下棋打打太极拳
他们的耳鼓对于吴歌和评弹特殊过敏

而他们的最大特长是摆弄太湖石
精剔细抠　瘦透漏皱
一如组装横笛竖箫

然后乃择定吉日良辰
　　　掂掇荷塘柳荫
最好是趁子夜薄凉　复兼月洒碎银

开始！修长的十指飞动如神灵
自度一阕盘门小曲　赛天籁　胜梵音
细诉这世情悲欢　草木枯荣　自古迄今……

笺致唐诗人张继先生

李唐王朝　长安
《枫桥夜泊》作者
诗人张继先生道鉴
法缘

　　　　法缘……
惘然

　　　惘然……
晚生公刘百拜"加铃"

姑苏城内寒山寺

中华人民共和国

公元一九九五年

钟声遐想

无远勿届的钟声　是沟通人佛的语言

如今交流却大难——

撞钟三响　收费五元

怨不得　适才女儿试福缘

但见钟楼风八面

处处青蚨舞翩跹……

自古相传

钟声如梯上攀天

携心缘梯去

穿云箭

如今天梯也哗变

该竖不竖偏打横

只向腰包啊

哪向善

玄妙观谒本命尊神有感

花甲星宿何灿烂
比肩并列三清殿
步行不过一匝地
神游却胜九重天

本命神　愿赐见
感谢玉兔生肖缘
您号称沈兴大将军
老兵我可是小穷酸

儒将风姿映神龛
面若傅粉唇施丹
朗朗双目俯照我
凡人心事岂敢瞒——

既然您上榜封神登仙班
天庭自可多流连
何必再管人间事
人事更比鬼事烦

犹闻当年伐纣大血战
您阵前慷慨起誓言

"只要九州腐恶净

沈兴我拼死心也甘"

无奈天不从人愿

商纣阴魂几曾散

除暴安良良复暴

沧桑原是一循环

循环循环更循环

天道如此无须叹

星宿您尚且遭兵燹

我向谁去乞平安?……

无虎的虎丘

到了苏州　虎丘是不可不去的去处

其实　虎丘无虎

据说吴王临终时　曾安排猛虎镇墓

其实　百姓们怕的是吃皇陵的恶徒

无虎即呜呼

其实　不过是谐音之误

有多少慕名者远道来　不辞劳苦

其实　他们当中兴许就有两脚虎

三千剑传奇

剑池湫湫水一潭
神采无半点
白茫茫
活像盲人的眼

剑池边　人传言
深渊底下藏着大战犯
恨一声阖闾你心太贪
死了还头枕三千剑

可笑你玩剑一生不识剑
剑有牙　须臾不可离腥膻
它岂能自挽枯肠不喝血
陪你长作永夜眠？

扁诸鱼肠们终难耐
破棺开椁飞上天
可怜剑池二分地
昼灭毫光夜灭焰

最是百姓们遭劫难
寒芒落地鲜血溅
乱剑三千舞不休
试问谁该赎罪愆？

众人喊话震山川
吓出了闺间一身汗
淋淋漓漓难将息
浑浑浊浊冷森森……

    1996年2月26日—3月4日　草稿于医院
    1998年8月12—29日　全部推倒重写

红玫瑰小集（组诗八首）

闰八月

农历乙亥年（公元 1995 年），又逢闰八月。闰八月，民俗历来斥之为不祥，远者清兵入关，留发不留头，近者唐山地震，周、朱、毛下世。而个人小事一桩，似乎也可以附会一番：是年 12 月 26 日凌晨，我突发颅腔积水症，经四天四夜抢救，始得生还……

纵然我常有哈姆雷特式的多虑
却从未犯过哈姆雷特式的狐疑

"活下去还是不活，这是个问题"①
我的答案是活，最好活上一百岁

干吗要慌慌张张地扭头就走？
多少事等着扫尾　多少事正要开头！

既然闰八月　想必也该闰中秋
还有一片月色属于我呢　何妨照单全收

---

① 此处引用了卞之琳的《哈姆雷特》译文。

这月光诚然皎洁 世界却充满淫邪

面对考验 我虽不很勇敢可也不太胆怯

唉！好一个死结！我终于惊觉——

悲剧原系前定　单等我即兴发挥润色……

咏腊月二十九夜瑞雪

狂雪通宵　亮晃晃

谁在用超级 X 光透视危重病房？

何尝有柜

何尝有床

整个儿一座北冰洋

真正的无菌冷藏！

天公是值班医生　他已然拿定主张——

雨水滋润小麦

惊蛰格杀蝻蝗

开春好人尽还阳……

七朵红玫瑰

1996 年 3 月 7 日，我总算摇摇晃晃步入了七十岁。这一天，在医院陪住的女儿从街上捧回来一束红玫瑰，满共七朵。她说："爸爸，我买不起七十朵，太贵了，以一当十罢。"闻之心酸，乃于枕上哼成此诗。

女儿送我七朵玫瑰花，玫瑰花

生机蓬勃！红火泼辣！

女儿送我七朵玫瑰花，玫瑰花
大地尤物！血缘佳话！

女儿送我七朵玫瑰花，玫瑰花
天神旨谕！众星光华！

爸爸我赞成七作七十的代码
可又恍惑 女儿你是否系七个男儿所叠加！

舍 利

  我曾多次拜托女儿，倘火化，务必创造条件，将骨灰抛撒于大海……

我自海来
我回海去……

在自由的大海　我将化作一枚舍利
  桀骜也罢驯善也罢全由我自己
这枚舍利并非佛的骨殖
无须玲珑白塔　无须七宝生辉
它的唯一心愿是　与波浪无羁嬉戏
     同海洋融为一体

我自海来

我回海去……

一种心情

仿佛起跑枪声一响 我便通体灾变

腿肚子转筋　肌腱飞迸成碎片

纷披的白须白发

也干扰我的视线

然而……我仍旧咬牙泼命向前

只是念叨着　儿马初次上阵好撒欢

步伐虽凌乱　四蹄却生烟

飞！飞是目的飞是手段飞是生存的全套证件……

还是那一种心情

我哪有实力夺冠？

更谈不上什么卫冕

不过　既然身为长跑运动员

上了场就该坚持到终点

我当然拒绝兴奋剂(太丢脸！)

拼基本功　拼耐力　赶巧兴许还能遇上点机缘

且不管有谁已经冲破了底线

只听良心在呐喊　再跑一圈！再跑一圈！

三月已老

我打哪儿老?
我打三月老
这个仅仅属于我的真理
为何迟迟才揭晓?

最难堪 今年花讯杳杳
早就该滚雷了
竟遍地冰封雪罩
满眼枯枝尽素缟

似这般凄绝为谁描?
何必多计较!
难道 你能佯装不知道
三月已老! 三月已老!! 已老!!!

1996 年 2 月 5 日　勾勒草稿于病房
1998 年 9 月 10 日　重新写定于家中

卧病，叹咏丝绸本《孙子兵法》

茧！神奇的茧！

五彩祥云中间，静卧着的蛹

竟是一柄剑！！！

剑对我说：

兵者，凶器也，

圣人不得已而用之。

我对剑说：

人类已牢记住了这血的箴言，正因此，

二十一世纪将是拒绝圣人的一百年。

1999年2月22日　病榻口占

暮 年 两 章

这将是另一个无名无姓的我自己

太阳总是东升　又总是西坠
地球也总是披半身朝霞裹半身夜气
明晦之间　元素们纷纷弃我而去　它们
已厌倦于这日见丑陋的躯体

可我的灵魂依然傲岸而美丽
她喝令分子们必须散而复聚　不得逃逸
守候那一抹熹微　喷薄那一声婴啼——
我笑了　我知道　这将是另一个无名无姓的我自己

它拥有千百万永远不死的钟子期

我的花季正赶上赤地千里
我的夏天又横遭狂风暴雨
秋庄稼空余些个干瘪颗粒
荒垅满眼　我却总能搜寻到几穗欢喜

生命由青而黄　歌声由稠而稀
但我照旧感激　感激这片多难的土地
我的竖琴也绝不会被我自己击碎　高山流水
它拥有千百万永远不死的钟子期

1999 年 2 月 28 日　病榻口占

青　烟

迟早我会化作一缕青烟，
回归寥寂之虚无，
回归风向莫测的苍天。

但我决定暂不消散，
我要完成一个秘密的心愿——
拥抱,我那终将被焚的诗篇。

愿子孙们活得快乐而平安,
哀歌也许会成为一堆多余的纸片——
它们,记录了太多的忧患。

我和我的诗必融为一体,难以分辨,
无所谓空间,无所谓时间,
不存在思维,不存在语言……

　　　1999年10月8日　安徽中医学院第一附属医院

夕阳和减法

眼见得夕阳就要落山了,暮色
正忙着夯实这黑牢的四壁,
可我却发现太阳居然奋力跳了一跳,
仿佛在回顾来路,仿佛是不忍离去。

于是,我禁不住暗暗思忆,
世上可发生过类似的奇迹——
人,竟能望定他自家的背影,
直到整体溟蒙、剥离和损佚?

抖抖索索,我开始用手杖在地上画字,
泪水淘亮了那个神圣的千古哑谜——
早晨四条腿,中午两条腿,晚上三条腿,
蹒跚+步走+长跑+颠踬=一大把年纪……

什么时候我愿运用减法?
什么时候我能学会舍弃?
让希望之石和绝望之石猛烈地撞击吧,
碰出火花来,火花,才是我的智慧!

火花当烛照我一减再减,减今为昔,
最后,减为一把草一蓬扬尘一坨泥,

而我也将奋力跳上一跳,跳上一跳,
连同未卸尽的盔甲以及刀枪剑戟!

       2000 年 7 月 20 日 合肥

此　生

小时候，
就是早熟的品种，
就有歉收的征兆——
　　身子勃发在花季，
　　心儿负轭于深秋：
　　　　内有汉奸，
　　　　外有倭寇，
　　　　国破家亡，
　　　　战火狂烧。
曾想赋新诗，
何处觅高楼？
细数残垣恨荒莽，
轻拍栏杆叹枯焦！
一曲《满江红》，
长啸兼怒吼：
莫等闲，
白了少年头！

多么漫长悠久！
才雪霁冰消；
多少悲戚苦愁！
才东方破晓；

偏又斗争昼复昼，

偏又争斗宵连宵！

——这些干卿底事？

(干卿底事？说得轻巧，

你不去管它，它要来管你，

想躲也躲不掉！)

原谅我吧，

混沌未凿，

不识天高地厚，

且歌且哭且阔笑，

  趁帆儿尚未破，

  趁船儿尚未漏，

  紧握双桨，

  与水奋斗！

划呀划，

划呀划，

谁能料？

谁敢料？

刚到中游，

误触"阳谋"，

好家伙！

密密麻麻，

层层叠叠，

龇牙咧嘴，

血盆大口，

铁青炸雷满河漂!
于是,舱载的九千一百二十五锭黄金,
悉数付东流……

熬吧,低头熬,
瞅吧,抬头瞅,
直熬到无期改判有期,
直瞅到访鬼等于访旧;
荆冠削刺,
瘢痕永留。
　　呔! 你倒嘟噜个啥?
　　　难道还嫌不自由?!
　　啊哈! 自由! 自由! 自由!
　　　有形的心灵,无形的罪囚!

现如今,
耳聋目眇,
胸佝背偻,
躯干缩小,
一步三摇,
衰病如钝刀,
朽木不可雕。
猛睁眼,
惊疑莫辨,最是那
高山仰止的两位严师诤友,
竟连他们的大胡子

都被名牌包装,借作新潮领袖!

可奈何!
枕畔絮絮叨叨,
三千岁的曲阜乡音,苍凉声调:
"甚矣吾衰矣,吾不复梦见周公矣……"
我乃幡然憬悟,
此生不过十个字——
追求的失落,
失落的追求。
……
……

2001年6月22日,默诵于合肥病榻上,继而摸索纸笔,斟酌修改达四十一遍之多。同年7月15日,定稿于杭州友人家。

天 堂 心

献给我的忘年交——一对可亲可敬的好夫妻

西子湖！自古至今，您聆听过多少歌吟！
多少歌吟，总也难以形神兼备，描摹出
您的至美、至善与至真！
就拿我来说吧，我曾以四种截然不同的身份：
"奸匪"，解放军，右派，嘉宾，先后向您
倾泻过一注注浓得化不开的爱情！
（直到如今，这四种外观难以契合，
　　　　　仿佛自相矛盾的部件，依旧
拼装着我的七十五岁高龄，乃至整个灵魂。）

至于我的旧作，却不过是嵌顿在流水线中途的半成品，
是浪客即兴拍摄的三五侧影，
几曾揭示出您高洁、高雅、高贵的丰采与禀性！
请宽恕，小子狂妄，我一向自许，打造您的金身
乃是我的天赋重膺，奈何
岁月流逝，青春凋零，壮志消殒，
现而今，早已是力不从心！
罢罢罢，看来我注定得怀愧抱恨而悄然退隐，
然而不！偏偏我生性倔强不甘罢手知难思进！

瞧！此刻，一只仅设四十二座的小小工蜂，

正被我双手牢牢吸定,
也不知是她引领着我还是我引领着她,
勇敢,果断,义无反顾地钻进了
四号、五号台风黑色羽翼的夹缝,啊,多少惊险多少艰辛!
我们俩嘤嘤嗡嗡,嗡嗡嘤嘤,直奔
钱塘彼岸的萧山停机坪——
大杭州的新南门……

想必是蜂儿对飞行高度做了一番调整,
开始滑翔了,迅疾而又平稳,
舷窗侧畔,闪过去一面被粗心仙女失落的明镜——
您,一如既往,每一圈涟漪荡漾着一轮笑纹,
您,一如既往,每一粒晶莹迸射着一重温馨。
(明镜!这可是个出色的隐喻,意味深蕴,
为此,我们要赞扬伟大的诗人艾青!)
但我也因之再一次地默默思忖,
　　　　再一次地苦苦搜寻,
试看奇迹能否光临?教我也交上好运!

那是谁?迎面走来的莫非正是上帝本人?
——显然,都二十一世纪了,上帝
他绝不可能比我还更年轻,
可缘何他步履如此矫健,
　　　面色如此红润,
　　　　目光又如此顽皮而机敏?!

他,毫无造物主的威凛与骄矜,
竟附耳低语,传授我一个极平凡而又极珍稀的
辞令:凡人胆子贼大!不怕僭越犯禁;
但既敢将天堂指代这座富饶的府城,
那么,又何不索性将西子湖比作天堂心?!

妙呀妙呀,太妙了!刹那间,犹如醍醐灌顶,
我激情火爆,灵感泉喷,谢恩不尽!
这外西湖、里西湖、白堤、苏堤,
这如梭的画舫,这如织的人群,
这周边的花、草、林,这居中的潭、墩、亭,
岂不正同左心室、右心室、动静脉管、粗细肌筋,
以及那数也数不清的红白血球一一对称!

天堂心!的的确确地地道道的一颗巨心!
您雍容,自在,淡泊,澄明,芬芳,安详而宁静!
从历史和现实中,尽管我早就知道
您也遭遇过无数次的妖风、毒雾、淫雨和乱云,
然而您始终这般仁慈、平和、慷慨、克制而坚忍!
您把所有的坏天气通通留给自己肩承,
而对初谒者和再访者
却一概赐予艳阳高照的好心境!
哦,我的朋友!我的朋友!
　　不是血亲,胜似血亲!

我羡慕你们,甚至……嫉妒你们,

但我只能自怨福薄,无缘

在你们的户口簿上填写我的姓名;

所幸,我已指天盟誓,敬请日月作证,

而后,我必将我微不足道的爱

一点一滴妥为贮存,

我会在我干瘪的腔膛里,把握准

中间偏左的分寸,

像安放一枚起搏器那样,

安放一颗微型天堂心——

爱,爱我的人民!

爱,爱我的人类!

爱,爱我的西子湖!

爱,爱我西子湖的众芳邻!

爱,爱我的红尘人间!

爱,爱我的人间红尘!

爱,爱我的天庭圣洁!

爱,爱我的圣洁天庭!

爱,才是天堂心的唯一内核!

爱,才是天堂心的全部生命!

2001年7月23日　脱稿于杭州莫干新村
是日农历大暑,高温38度

生命的大诗[①]
——致曾卓

我们古老的方块字,
对你高贵的姓氏
做过别一种解释——
由曾(zeng)而曾(ceng),无端
加上了时空限制。

然而,这一切于你全不合适!
你不仅从前是卓拔的,
而且自来就是卓拔的!
而且永远都是卓拔的!
读吧读吧,读
你正在蘸血书写的
生命之诗,一首大诗,
度量生命之伟力,
大诗!大诗!

2001年9月28日晨 写于安徽中医学院
第一附属医院12病区18床

[①] 此诗摘自病中公刘致病中曾卓的手书。
"你的痛苦,我是感同身受;你的坚毅,又令我万分激动。我也该像你那样,将意志力发挥到极致,力争康复,正如徐光耀开导我的那句话:好好地活着,活着就是胜利。"
"……愿上苍佑你、佑我、佑我们大家、佑世上一切善良的人们……"
"紧紧握手!"

——刘粹 注

不是没有我不肯坐的火车
——答曾卓

同样是在病中，
同样是做白日梦，
同样是坐火车外出旅行又坐火车回，
同样是有关火车的那句诗，
你我竟同样从小到老都喜爱。

然而，不是没有我不肯坐的火车，
也不是不管它往哪儿开；
生活像恶毒的后娘，
时不时要变着花样将我虐待，
也许，这是命运对我的特殊关怀——

起初撵我出前门运我如猪崽；
滚！去娘子关里边山旮旯劳改！
接着又勒令我自带粮票自备铺盖，
上中央"文革办"的山西学习班"彻底交代"，
回北京？不！半道上扔在了石家庄郊外。

可见不是没有我不肯坐的火车，
可见也不是不管它往哪儿开；
唯一得感谢火车的是

它教我踏遍了人生的大小站台，
听惯了轮箍二重奏，半是痛苦半是痛快……

至于那为人人设座的"最后一班地铁"，
阴湿的隧洞肯定会取代斑斓的色彩，
实话说，我真不喜欢那单调而寂寞的世界，
却又赞赏它取消特权，一视同仁的做派——
此地不认皇冠不认草帽只认尘埃！

2001年11月7日　初稿
2001年11月14日　改定于安徽中医学院第一附属医院

[原诗]

没有我不肯坐的火车

曾　卓

在病中多少次梦想着
坐着火车去做长途旅行
一如少年时喜爱的那句诗
"没有我不肯坐的火车
也不管它往哪儿开"

也不管它往哪儿开
到我去过的地方
去寻找温暖和记忆

到我没有去过的地方

去寻找惊异、智慧和梦想

也不管它往哪儿开

当我少年的时候

就将汽笛鸣当作亲切的呼唤

飞驰的列车

永远带给我激励和渴望

此刻在病床上口中常常念着

"没有我不肯坐的火车"

耳中飞轮在轰响

脸上满是热泪

起伏的心潮应和着时代列车的震荡……

       2001 年 10 月 18 日晚

望 夫 云

目 次

引子

春闺

惊猎

遇艳

讨箭

盘歌

私奔

寒衣

沉冤

化云

  俗传蒙氏时,有怪摄宫中女,居于玉局峰巅。女所欲饮食,怪给之不绝。因山高候冷,女苦之,与索衣,怪慰之曰:河东高僧有一袈裟,夏凉冬暖,可立致。遂夜至洱河之东罗荃寺,将袈裟盗出。僧觉之,以咒压,怪溺死寺西水中,化一大石坪,俗呼为石骡子。女望之不归,遂郁死;精气化为云,名望夫云。每每岁冬云现,即大风狂荡,有不将海中之石吹出不止之势……
        ——大理县志稿杂志部"望夫云"条

  望夫云是好人,石骡子也是好人,罗荃才是妖怪。
        ——大理民间传说

引 子

今夜,大理海子又掀起了风浪,
水里漂着几片破碎的月亮,
十多只小船挤在岸边互相碰撞,
渔人们全都盘腿坐在岸上。

这样的时刻哪儿也不宜下网,
任什么鱼儿都早已躲藏,
只好拾些干柴,烧一堆篝火,
顺便烫壶酒,烘烘衣裳。

睡觉睡得太早是多么无聊啊,
谁愿意讲讲故事消磨时光?
"老爷爷,您年纪大,见识广,
我们大家请您讲。"

"讲什么呢?故事又多又乱,
就像我的胡子一样,
何况,前朝往代的事情,
又全都那么荒唐……"

老人抬头望着苍山,
忽然神色黯然,
他止不住连声叹息,
目光是这样悲戚。

"云哟,云哟,云哟,
精魂不散的望夫云哟。"
他指着玉局峰上的云彩,
摇摇摆摆地站了起来。

顺着他指的方向,
渔人们悚然望去,
惯于反抗风暴的灵魂,
这时不禁也微微战栗。

读者啊,可惜你没有和渔人一起,
否则,你就能看见真正的奇迹!
世上居然有这样的云翳,宛如
一个古装打扮的女子,立在天际。

她的一只手无力地低垂,
长袖随风摇曳,
另一只手高举齐额,
纤纤玉指贴着蛾眉。

身子稍稍向前倾斜,
两眼逼视着海水。
茫茫的大理海子哟,
你知道她在眺望谁?

春 闺

南诏国①有一千里地面,
一千里地面都已经绿遍,
一千里地面布谷都在叫,
叫完头遍又叫二遍。

一千里地面的中央,
有一座金色的宫墙,
金色的宫墙里面,
是公主的银色的闺房。

狠心的国王,贪心的父亲,
亲口下过一道命令,
不准公主接触外人,
除了宫娥,就是太监。

不是父亲不愿女儿出嫁,
嫁要嫁一户有钱的人家,
不是国王不替公主招亲,
招要招一位有势的驸马。

年来又年去,

---

① 南诏国:是唐代中叶在云南地区兴起的一个王国,以彝族、白族(一说包括傣族)为主体。

花开又花落,
公主的悲苦,
没有地方说……

南诏国有一千里地面,
一千里地面布谷叫了三遍,
一千里地面芳草萋萋,
就像一床绿毛大绒毡。

大胆的爬墙虎探出了头,
森严的禁卫军也管不了,
它驮着公主的第十九个春天,
一直爬上了寂寞的绣楼。

绣楼上本来有四个窗户,
东南西北都能看得清楚,
可是国王只许打开一个,
其余三个全用铁锁锁住。

东边的窗户能望见大理海子,
南边的窗户能望见大理街子,
北边的窗户能望见大理坝子,
三个窗户都能望见青年汉子。

西边的窗户对着苍山,
终年积雪,没有人烟,

除了石头还是石头，
除了树林还是树林。

这个窗户整天敞开，
公主坐在窗前，脸色苍白，
两只手儿托住双腮，
像是在幻想，又像在等待……

燕子双双衔泥做窝，
廊檐底下来往穿梭，
"燕子燕子你呢喃些什么？
变只燕子也比公主快活。"

"听说天上有多少星星，
地上就有多少男人和女人，
有谁能够悄悄告诉我，
是哪一颗定下了我的终身？"

偷偷地落泪彻夜失眠，
轻轻地叹息送走白天，
荣华富贵不值钱，
但愿投胎在民间！

惊　猎

天还没有透亮，
公主已经起床，

她又来到窗前,
她又沉思默想。

苍山有十九峰,
峰峰各不相同,
有的披着云袍,
有的戴着雪帽。

一十八道山涧,
像是一组琴弦,
有的叮叮咚咚,
有的琮琮琤琤。

"苍山哟你坐在那儿把谁等候?
是什么忧伤使你少年白头?
山涧哟你日夜不停为谁弹琴?
凄凄切切莫非是缺少知音?"

乳色的薄雾开始升腾,
黎明的霞光变幻不停,
一群洁白的天鹅,
半空里结队飞行。

"天鹅哟为什么不愿在南诏住下?
为什么才交春就急急忙忙回家?
请把我也带到草莽大泽中去吧,

我要把这些家规王法通通撇下!"

忽然一阵嗖嗖急响,
一支羽箭凌空直上,
那最娇小的一只,
立刻缩拢了翅膀。

它发出悲恸的啼声,
向永别的伙伴送行;
它奋力往前扑了扑,
向亲爱的故乡致敬……

小天鹅气力不足了,
小天鹅就要落地了,
含泪的公主向它频频招手,
小天鹅挣扎着投入了窗口。

公主抱住天鹅,
轻轻地把箭拔掉,
眼泪搅和药料,
敷住带血的伤口……

"天鹅和我有缘,
我和谁有缘?
我把天鹅照看,
谁把我照看?"

遇　艳

猎人在苍山上奔走，
他心中焦急又烦恼，
得不到天鹅没关系，
找不回神箭不得了。

猎人是个孤苦伶仃的后生，
生下地来就失去了母亲，
父亲号称南诏国头一名猎户，
用母狼的乳汁把他喂养成人。

母亲给了他美丽，
狼奶给了他力气，
父亲在临死之前，
又传给他三支神箭。

石头是他的枕头，
弓箭是他的朋友，
满山的树叶和芦管，
拿来吹奏快乐的曲调。

年纪方才二十挂零，
血像大火一样旺盛，
他和野蜂分食过蜜汁，
却不曾和谁分享过爱情……

为了寻找神箭,
他把苍山踏遍,
空旷地上迈着三尺阔步,
悬崖陡壁他就一跃而过。

一口气他蹽了十九峰,
一口气他趟了十八涧,
峰峰的石头翻个身,
涧涧的清水都搅浑。

苍山顶,苍山坡,
上上下下找不着,
苍山脚底下是金銮殿,
难道天鹅落在墙里边?

猎人在山腰徘徊张望,
心里正感到有些颓丧,
猛抬头看见绣楼的窗口,
小天鹅拍着鲜亮的翅膀。

一个少女斜倚在窗口,
怀抱着天鹅喂它食料,
在她流星似的顾盼中,
带着一丝哀矜的笑容。

一对天鹅山坡过,
当的是苍山下大雾,
一个妹子窗口坐,
当的是梨花开满树。

她的眼睛像宝石,
出宝石的天竺国买不到,
她的嘴唇像珊瑚,
长珊瑚的西洋海没处捞。

漆黑漆黑的头发,
像刚刚洗下的青丝,
雪白雪白的脖子,
像刚刚挤下的奶子。

猎人以整个心房,
吸取这妙曼的光芒,
也许是山风清凉,
只觉得浑身舒畅……

讨　箭

勇敢的猎人大步走向宫门,
石狮石象纷纷往野外逃奔,
他笑着把神箭倒插弩弓倒挂,
石狮石象才敢走回原地蹲下。

南诏王的宫殿果然豪华,
黄金做砖玉做瓦,
只是屏风上钉张老虎皮,
死老虎能吓唬谁?

猎人刚刚登上石阶,
一群武士蜂拥而来,
他们骂他是不是想找死,
骂着骂着就拔出了刀子。

诚实的猎人从容发言:
"我一不贪财宝二不夺江山,
只因为射天鹅失落了神箭,
求你们放我进宫去找一遍。"

武士们厉声喝道:
"穷小子休要唠叨!
滚开滚开滚开,
小心吃我一刀!"

压住了心头怒火,
暂且把这帮狗才饶过,
转身沿着宫墙走,
一心要找神箭的下落。

抬头看看宫墙,

高低不过两丈，
一个鹞子翻身，
半根毫毛不伤。

猎人心中主意打定，
听听后宫寂静无人，
纵身跳上宫墙，
落地不出声响。

一百二十个水榭花坛，
一百二十座龙亭假山，
好似众星拱明月，
绣楼坐落在中间。

"尊贵的仙女，
我这里一躬到地，
猎人问你好，
苍山也向你致意。"

公主吃惊地扶住窗棂，
望着楼下站立的青年，
笔直的身材像云杉，
聪敏的眼珠会说话。

不知从哪里飞来两朵红云，
公主的双颊格外光艳动人，

她问他是什么地方人，
来找她为的什么事情。

猎人说他住在苍山，
祖祖辈辈打猎为生，
父亲临死的时候，
传下来三支神箭。

这三支神箭是无价之宝，
上山能降虎入海能擒蛟，
箭头本是老龙王的三颗牙，
箭杆本是大鹏鸟的三根毛。

"射天鹅失落了一支箭，
为了它我把苍山跑遍，
而今冒险进宫来，
请问你可曾看见？"

公主叫声等一等，
转身取来一支箭，
正在要还未还间，
女儿心事不能言。

"你射的是天鹅，
中箭的可是我；
你要的是神箭，

还你的是爱恋。

"天鹅受伤伤好医,
翅膀硬了一展就能飞;
我的心病指望谁,
要我还箭除非你认妻。"

低声唤猎人,
长袖半遮面,
"问你几句话,
答应就还箭。"

盘　歌

鸿雁落平沙,
公雁叫嘎嘎,
肚饥的下水捉鱼,
饱食的莫沾腥气。

大理三月街①,
满街卖腰带,
想买腰带不合身,
空手回来到如今。

---

① 三月街:每年夏历三月,大理城中商贾云集,远近各族人民都来赶街,互通有无,热闹非凡。

世上只见藤缠树,
谁人见过树缠藤?
新打的剪子难开口,
郎打的单身妹害羞。

漾濞河涨水沙浪沙,
鲤鱼在河中摆尾巴,
哪得鲤鱼来下酒?
哪得情妹来当家?

牛郎织女天河配,
喜鹊来摆一趟渡;
有意与你结夫妻,
谁人来引一条路?

好笙不要时时吹,
相逢一回顶百回;
青石磨刀不用水,
实心实意不用媒。

荷花哪消人浇水?
南风一吹自然开;
十朵荷花开九朵,
还有一朵等郎来。

苦藤藤缠上个白牡丹,

瓜蔓蔓结了个命蛋蛋,
牡丹无意藤不缠,
强扭的瓜果不甜。

小河要跟大河流,
不知道大河收不收?
要是不收就扭头走,
要是收嘛就慢慢流……

风吹杨柳两边摆,
一朵黑云带雨来,
有雨嘛无雨要看云,
真情嘛假情要看人。

大理街子九十九道拐,
不信你骑马走来;
实心柏木当作空心柴,
不信你开膛瞧来。

剪下羊毛捻成线,
不到日子就烂了;
恋下妹子心思乱,
十天半月就散了。

山上的岩羊你莫要打,
山顶上要吃青草;

黄花的闺女你莫要怕,
她待你有十分好。

沙滩上的鸿雁草滩上的鹅,
没有缘分就不会遇着,
不是鸿雁不愿带鹅走,
只怕露水夫妻不长久……

海子涨水水漫了地,
海边上拦一道坝嘛;
情哥若有恋妹的意,
心窝里拔一句话吧。

打一把青钢的刀,
挖一个楠木的鞘,
豁出来命一条,
有胆的跟我走!

八月里来种蚕豆,
时令错过就迟了,
想成双来早成双,
哥敢做来妹敢当。

箭杆搭到了弓弦上,
好话说到了心坎上,
要成双就在今晚上,

天大的名声哥背上。

羊羔吃水河沿上转,
吃不上河水心不甘,
宁叫南诏的江山乱,
不叫我俩的婚缘断。

百样鸟雀百样音,
哥连情妹一条心,
若要藤子不缠树,
除非树死藤断根。

生不分来死不分,
死了埋在一架山,
情哥死了变菩萨,
妹变香炉供佛前。

月亮出来照花架,
情哥情妹换头发,
换了头发打个结,
结发夫妻谁敢拆?!

月亮光光照墙头,
轻手轻脚下绣楼,
筛子做门贼眼多,
要做夫妻赶快走。

一棵花树宫中生,
看花看到五更天,
手攀花树问姓名,
问了姓名盘年庚。

树是当今皇上栽,
姓甚名谁自己猜,
今年发花十九朵,
朵朵向阳朵朵开。

三支箭来一张弓,
世上就数猎人穷,
公主为何要跟我,
苦寒日子怎么过?

不图银子不图金,
只图人心换人心,
情哥不是摇钱树,
妹子不是贪财人。

大理海子龙潭水,
不及情妹恩爱深,
为你我愿下水晶宫,
为你我愿上火焰山……

私 奔

一根索子抛过墙,
月光如水照西窗,
人去绣楼空,
飞鸟出牢笼。

公主逃出了禁宫,
走路好似一阵风,
那闪着泪花的笑容,
就像是雨后的晴空。

嘴含着冰糖要化了,
猎人把公主搂在胸口,
"南诏王算得个什么王,
猎人我才是人里头称王。"

男的望着女的笑眯眯,
女的望着男的眯眯笑,
一个泡在酒坛里,
一个掉进蜜罐里。

老鹰将草窝垒在悬崖上,
是为了风和阳光,
猎人将公主安在玉局峰,
是为了捉对成双。

初五初六月如钩，
十五十六正好走，
银星撒遍羊肠道，
嫦娥上天走一遭。

天明双双到山顶上，
公主在泉边理梳妆，
山中百兽拜猎人，
林中百鸟朝凤凰。

普天下什么鸟最会唱？
画眉最会唱；
画眉听见公主说话，
羞得闭拢嘴巴。

普天下什么鸟最漂亮？
孔雀最漂亮；
孔雀看见水中倒影，
羞得不敢开屏。

猎人唤来飞禽走兽，
对着公主一一介绍：
"先要记住它们的长相，
后要摸透它们的心肠。

"如果它们前来拜访,
公主你也不必惊慌,
把它们看作满朝文武,
该罚的罚,该赏的赏。"

接着又领公主去看一个窟窿,
告诉她说这就是有名的风洞①:
"里面住着一位老公公,
他是风的祖宗。

"老人脾气有些古怪,
此刻大概还没醒来;
他睡着了谁摇他也摇不醒,
他醒过来却要摇醒全世界。"

猎人转向一条石缝,
说是里面有个岩洞:
"天做屋顶云做瓦,
这就是你我的家。"

燕子双双衔新泥,
猎人公主进洞去,
看看天算拜了天,
扫扫地算拜了地。

---

① 风洞:地名,在大理附近。俗传普天下的风,无论大小,均储藏其中。

鹿角满地摆,
好像蜡烛台,
屋角挂麝香,
到处都芬芳。

不烧红烛有喜气,
不喝甜酒人自醉,
从此苍山是故乡,
且把石岩当洞房。

石门石窗石墙,
石桌石椅石床,
脱下一副纱裙,
撑起就当罗帐……

寒 衣

布谷叫过叫天子叫,
叫天子叫过阳雀叫,
阳雀叫过鸿雁叫,
鸿雁叫过雪花飘。

雪花飘,冬天到,
国王暗把公主咒:
"抛下锦被她不盖,
愿她冻死在外头!"

头天听说有个猎人闯宫，
二天发觉公主已经失踪；
墙头的索子迎风摆，
遗落的戒指土里埋。

织女偷渡天河，
是为了和牛郎相会；
公主逃出禁宫，
是为了和猎人匹配。

"堂堂公主不知羞耻，
为什么看中野汉子？
难道给你吃的不是凤胆龙肝？
难道给你穿的不是绫罗绸缎？

"你要黄金给黄金，
你要白银给白银，
还有什么不如意？
还有什么不称心？"

国王想到这里，
越想越是生气，
驸马招不成，
还给爹丢人！

残忍的父亲起了誓,
要把女儿找到,
死的他也要,
活的他也要。

暴虐的国王传了话,
要把猎人缉拿,
真的他也杀,
假的他也杀。

南诏王翻脸了,
南诏国变天了,
从来不落雪的地方落雪了,
从来不结冰的地方结冰了。

雪越下越大,
撒满了金殿;
雪越积越厚,
盖住了苍山。

金殿上落雪,
三瓣会化两瓣;
苍山上落雪,
化雪要等来年。

苍山高又高,

下雪像下刀,
公主模样真可怜,
单衣单衫打战战。

猎人把公主抱住,
替她把雪花挡住,
巴不得叫雪止住,
恨不得将天遮住。

粗毛兽皮披不惯,
怎样挨过数九天?
公主在怀里抖不停,
猎人心中滚油煎!

左思量来右思量,
决心下山走一趟,
无奈手头缺银钱,
怎么替公主买衣裳?

公主摘下玉耳坠,
放在猎人手心里,
耳坠抵得万贯钱,
换件衣裳来御寒。

"哥哥呀哥哥,
大理街上走,

好比进虎口，
千万少逗留！

"哥哥呀哥哥，
见人多留神，
闲事莫要管，
闲话莫要问。

"哥哥呀哥哥，
早去要早回，
下雪我不怕，
就怕没有你！

"哥哥呀哥哥，
快去快回转，
身寒我不怕，
怕就怕心寒……"

天上的乌云赛马跑，
西北风在后头撵哩，
猎人滑雪抄近道，
公主在苍山上等哩。

大理坝子断了人了，
大理街子关了门了，
大理海子结了冰了，

刀子挖了猎人的心了。

到处奔走求告,
寒衣还是换不到,
南诏国虽然大,
却没有几家温饱!

猎人立在街心,
风雪将他围困,
何处去买寒衣?
叫人好不忧闷!

鹅毛雪,纷纷下,
老北风,呼啦啦,
为何劈面走来一个和尚,
浑身上下只披一件袈裟?

猎人怀抱同情,
觉得和尚可怜,
不禁脱口问道:
"高僧你冷不冷?"

和尚猛然立定,
上下打量猎人,
开口把话说,
假笑献殷勤。

"袈裟是件宝,
世上都难找,
夏天穿它不用扇扇,
冬天穿它不用火盆。"

这个和尚名字叫罗荃,
南诏的百姓他要管一半,
南诏王管的是凡尘,
罗荃他管的是来生。

他是国王左右手,
上殿不叩头;
平起平坐称兄弟,
下殿不用跪。

说他是俗人他住庙,
说他是和尚他吃荤,
会驱鬼,会画符,会念经,
还会坑害人。

猎人听了罗荃的话,
赶忙上前求告他:
"我想买这件衣裳,
不知道肯不肯相让?

"要是你愿意,
给你玉耳坠,
现钱我没有,
宝贝换宝贝。"

罗荃脸赔假笑,
眉毛皱了三皱,
嘴上含糊其辞,
肚里在打官司:

手拿玉耳坠,
耳坠多珍贵,
本是宫中宝,
怎会落他手?

弓箭不离身,
必定是猎人,
踏雪买寒衣,
买给什么人?

大风吹得风车转,
水牛拉得碾盘转,
南诏王扔几个血泡的钱,
恶人馋得团团转。

罗荃说:"卖是愿卖了,

可是现在不能卖,
要找我兄弟商量过,
商量过了就能卖。"

猎人答应等一阵,
罗荃心中暗高兴,
心想哪怕你一辈子机警,
今天也要掉进我的陷阱。

他三脚两步上金殿,
一见国王就讨赏钱,
鬼鬼祟祟咬耳朵,
嘀嘀咕咕把计献:

"对付这种人,
心要毒,嘴要甜,
只能用计骗,
不能硬碰硬。

"我见他有三支神箭,
支支都能送人性命,
一支神箭我怕他三分,
三支神箭我怕他九分。

"唯有一分我不怕他,
他就死定在我手下,

他缺一分什么本领?
山里人不识水性。"

国王点头哈哈笑,
连声称赞好计谋,
罗荃跟着笑哈哈,
伸手便把赏钱抓。

沉 冤

公雁寻食去了,
母雁在沙滩上等,
公雁啊,你回来吧回来吧,
母雁怕你中暗箭。

猎人下山去了,
公主在岩洞中等,
猎人啊,你回来吧回来吧,
公主怕你担风险。

风卷雪球满地滚,
等罗荃等得好焦心;
又像听见公主喊,
一连喊了四五声。

猎人迎风站,
请风把话传:

"衣裳一买到,
立刻回家转。"

风卷雪粉满天飘,
远远地望见罗荃回来了,
未说话他先带笑,
对着猎人把手招。

罗荃说:"卖是要卖了,
可是现在不能卖,
要等我回家换衣裳,
换了衣裳就能卖。"

猎人说:"你家住哪里?"
罗荃说:"住的大庙宇。"
猎人说:"要走多少路?"
罗荃说:"少说一百里。"

猎人咬咬牙,
说是跟他去;
罗荃窃窃笑,
笑他中了计。

罗荃前面引,
猎人后面跟,
罗荃走得慢,

猎人催得紧。

走了大半天时间，
才绕到海子东边，
海边有个罗荃寺，
杀气腾腾阴森森。

庙里供的菩萨，
个个青面獠牙，
有的像要咬人，
有的像在打架。

进了罗荃寺，
罗荃装聋子，
喝罢头道茶，
罗荃装哑巴。

猎人送上玉耳坠，
说声请他脱袈裟，
眼看天色晚，
路远难回家。

罗荃说："卖是卖定了，
可是现在不能卖，
要等我烧完三炷香，
烧完香还是不能卖；

要等我念罢三本经,
念罢经还是不能卖;
要等我敲过三遍钟,
敲过钟就能卖了。"

三炷香烧完了,
三本经念罢了,
三遍钟敲过了,
天色完全黑了。

罗荃说:"我要进卧房。"
猎人说:"我等你进卧房。"
罗荃说:"我要换衣裳。"
猎人说:"我等你换衣裳。"

罗荃关紧了房门,
嘴里念起了咒文,
掀开一只大柜子,
找来一只石骡子。

石骡子塞进衣角里,
袈裟捧在手心里,
装模作样才收下玉耳坠,
假情假义劝猎人快回去。

"大理海子结冰砖,
来来往往人不断,
原路回家好比走弓背,
不如穿过海子走弓弦。"

客客气气接袈裟,
层层叠叠腰上扎;
高高兴兴回家转,
急急忙忙把海下。

一阵阵闪来一阵阵雷,
三月里下了场子夜雨;
一声声公主一声声妻,
猎人他恨不得插翅飞。

星星躲,月亮藏,
四野雪茫茫,
天又黑,路又远,
伸手不见掌。

呵气变成云,
汗水结冰凌,
一脚浅,一脚深,
雪坑能埋人。

猎人一心往前走,

留下脚印不回头,
爬过雪山下冰海,
下了冰海走得快。

大理海子冻四边,
边边光滑边边平,
中间一潭水,
足有万丈深……

只听得风在头上吼:
"不要走!不要走!"
只听得海在脚下啸:
"快回头!快回头!"

袈裟却在腰间叫:
"向前走,向前走,
莫回头,莫回头,
公主快要冻死了。"

浮冰渐渐薄,
猎人没发觉,
海心渐渐近,
以为是岸边。

袈裟拽住猎人的腰,
石骡子越来越重了,

冷不防咔啦一声响，
脚下的冰块子动了。

冰花砸进眼，
黑浪扑上脸，
腰间千斤重，
袈裟变铁链……

罗荃站在屋顶上，
望着海心拍巴掌：
"罚你变个石骡子，
永世不得见妻子。"

猎人海底受苦役，
变个石骡子背海水，
一年要背十二月，
一月要背三十日……

冤沉大海哪日平？
石骡子厉声骂罗荃：
"你有本事变我的形，
没有本事变我的心！"

颗颗眼泪化珍珠，
根根头发成浮萍；
死没良心的南诏王，

活活隔断了有情人……

化 云

公主坐在岩洞里，
等猎人猎人不回；
公主走到岩洞外，
望猎人猎人不回。

别人的忧愁，
像地上的薄霜，
太阳一出来，
薄霜就化了。

公主的忧愁，
像山上的积雪，
去年的雪还没有化，
今年的雪又下来了。

别人的忧愁，
像屋檐下滴水，
大雨一过去，
水就不滴了。

公主的忧愁，
像屋顶上的炊烟，
头一阵还没有散，

二 一阵又上来了。

为什么黑云升上东山,
莫非是要下大雨?
为什么右眼跳动不安,
莫非是要跟猎人分离?

为什么黑云升上西山,
莫非是要下大雨?
为什么左眼跳动不安,
莫非是要跟猎人分离?

想烂了肝花痛烂了心,
望麻了一对眼睛,
不见面不见面才三五天,
当的是一年嘛半年。

想烂了肝花痛烂了心,
哭瞎了一对眼睛,
不见面不见面才八九天,
清眼泪串成了线线。

画眉来劝公主:
"公主你别哭了。"
草上的露珠算多的了,
公主的泪珠比它还要多。

孔雀来看公主：
"公主别伤心了。"
初三的月亮算瘦的了，
公主的身子比它还要瘦。

公主不言不语，
直向峰顶走去；
她站在峰顶眺望，
她站在峰顶召唤：

"猎人啊，我的猎人，
难道你迷失了路程？
猎人啊，我的猎人，
我叫你你怎么不应？"

忽然一声呼啸，
风公公落在山腰，
叫声："公主坏了，
你男人遭人害了。

"猎人已经沉入海底，
背上压着万担海水，
杀人的凶手是谁？
只有他能告诉你。"

晴天霹雳响炸雷,
肠子断来心肝碎:
"亲人哟而今你在哪里?
亲人哟怎么不带我去?"

万年的积雪一下融化,
苍山十八涧热泪如麻;
无边的森林怒声喧哗,
苍山十九峰竖起头发。

飞禽离了巢,
走兽出了穴,
吼的吼来叫的叫,
震得流星满地掉……

"我心头有熊熊怒火,
什么地方有煮海的锅?
我要去把海水舀尽,
什么地方有舀海的勺?

"风公公,求你带我上天,
我要和猎人相见!
风公公,求你吹干海水,
我要和亲人聚会!"

公主的呼喊,

随着风声回旋,
公主喊一遍,
苍山也喊一遍。

"猎人,猎人,我的猎人!
答应,答应,快点答应!"
这呼声像把钢锥,
一直钻透了海心。

石骡子听见公主叫,
眼泪花花猛抬头:
"公主啊,我在这里,
公主啊,救我出去!"

海水搅成了大漩涡,
万丈龙潭像口空锅,
石骡子刚要往外走,
千层逆浪又扑回头……

大风呼呼响,
后浪推前浪;
大风旋一旋,
海水团团转……

大风呼呼吼,
海水翻筋斗,

大风扇一扇,
海浪像高山……

海水像一匹绿绸缎,
风公公提着它到处转,
有时将它挂上天,
有时将它铺上岸……

看,海上竖起了水柱,
水柱有三根,
那不是水柱,
那是猎人的箭。

看,天空挂起了长虹,
长虹有七色,
那不是长虹,
那是猎人的弓。

大风吹不歇,
从日出吹到日没,
大风吹不停,
从黑夜吹到天明……

直到吹干海水!
直到现出海底!
直到申冤报仇!

直到夫妻团聚!

公主随风飘去,
从此不见踪迹;
只见惨白的云彩,
在玉局峰上徘徊……

      1954年7月　初稿于大理
      1956年5月　重写于北京

尹 灵 芝

目 次

小曲开篇

第一部

争说出了灵芝草

春风何日到太行?

一苗苗灵芝石缝里长

窑门口栽下棵黄连树

割不尽的葛针砍不断的愁

太平沟里不太平

五台山下来活菩萨

她知道这世上有敌情

火线第一课

看咱打一段霸王鞭

字块块接起像子弹带

新血印呵旧泪痕

帮俺快前进

妈妈呀妈妈俺要你活!

第二部

记住五四这一天

鲤鱼跳龙门

太平沟出了害人精

两种命运大决战

报信鸟初飞

报信鸟再飞

报信鸟三飞

泪花花早变了火星星

接过担来学挑担

就看你信心坚不坚!

叛徒下场真解恨

为甚一人长双肩?

碰倒人民头上三座山

天下喜儿知多少?

革命是阶级对阶级斗

认得你老财认不得亲

第三部

绝不能给党抹了黑

八月十五明月夜

虎口夺粮

龙头崀

血染葛针路

不知道!

凤朝阳

灵芝颂

扫墓歌

后记①

---

① 文见本书《序·跋·评论卷》。——刘粹 注

小曲开篇

风萧萧,野茫茫,
太行、吕梁镇朔方;
云盔雾甲石干戈,
吞虹吐霓大气扬!

龙在潭,虎在莽,
革命进山山更壮;
黄河到此三折腰,
起浪伏波放声唱:

灵芝秀,胡兰香,
东山西山闪红光;
仙草、奇花谁生养?
毛主席,共产党!

第一部

争说出了灵芝草

小曲打板唱开篇:
人间一九四七年;
争说出了灵芝草,
呵,抬望眼———
映红山西半边天!

灵芝本是火种变,
运行地下多少年;
夜长天黑闪红光,
呵,细踏看——
已觉暖流入心田……

灵芝仙草炼仙丹,
补血补气补肝胆;
只盼革命筋骨壮,
呵,她甘愿——
入釜再在火中煎!

访得灵芝草野间,
自来英雄出平凡;

手捧黄土问家乡,
呵,正衣冠——
高山仰止寿阳县……

春风何日到太行?

寿阳冷,冷寿阳,
三月无花柳梢黄;
一年节气廿四个,
偏教多半是霜降!
春风何日到太行?
春风何日到太行?

赵家垴,小庄庄,
上炕便枕山脊梁;
难得老天一滴雨,
还须平分劈两厢:
东去一半滹沱水,
西流一半汾河浪……

二十户,小庄庄,
十九家窝铺一家房;
好田好地不用问,
寸寸钉了罗振兴的桩!
老财的算盘拨拉响,
小门杂姓饿肚肠!

种豆的,吃秕豆,
种谷的,咽谷糠;
寿阳冷呵冷寿阳,
三千年一本剥削账!
春风何日到太行?
春风何日到太行?

一苗苗灵芝石缝里长

生就的地寒天气凉,
生就的大户两脚狼;
生就的穷汉热心肠,
饿不断,冻不僵!

三一年三月苦时光,
三秋的年馑三春的荒;
春花不开霜花开,
灵芝落地盼太阳!

爹爹打铁走外乡,
母女两个受凄惶;
吃一口苦奶瞅一眼娘,
一苗苗灵芝石缝里长!

石缝里长,盼太阳,
东方不亮西方亮;
石缝里长,盼太阳,

黑了南方红北方!

窑门口栽下棵黄连树

爹爹官名尹尔恭,
起下个官名顶甚用?
说甚赵钱孙李百家姓,
实实的穷汉们都姓穷!

能打铁,能受苦,
撂下大锤扛起锄;
一天价不分明和黑,
一年价不识寒和暑。

累断了筋和骨,
填不满三张肚;
无奈何抛下妻和女,
尹尔恭闯了太原府。

太原府烘炉有多少?
流星大锤满城吼!
阎锡山杀人杀不够,
单要快刀不要鞘!

铁工棚日夜三班倒,
盘盘烘炉打快刀;
乡警提刀抢粮去,

杀我穷汉如割草!

尹尔恭呵他咋知道,
在帮仇人打快刀;
这刀要砍谁的头?
这会儿,他甚也不明了!

富翁得子赛麒麟,
娇娇小姐值千金;
谁家添丁更添愁?
天下穷人父母心!

得了灵芝三年半,
又添了妹妹叫灵变;
带一个"变"字愿生男,
穷汉盼儿接扁担!

四张嘴巴难撑挞,
杜凤妮咬牙当奶妈;
舍下亲儿太原去,
错叫了娃名好后怕!

杜凤妮呵头难抬,
富人夺儿口中奶;
还怨自家"命"里该,
这会儿,她甚也不明白!

年初一打烂了和面盆,
一家四口四垯里分;
窑门口栽下棵黄连树,
一家四口四垯里苦。

二姨引上灵芝去,
眼泪水兑眼泪水;
杜二凤家有甚香的?
四两米稀汤算糙①的!

割不尽的葛针砍不断的愁

青天蓝天紫莹莹天,
老财们黑手遮了天;
天不姓蒋也准姓阎,
穷汉们头上是连阴天!

电灯汽灯煤油灯,
跑红窜绿的霓虹灯;
太原府本是不夜城,
独不见受苦人的指路灯!

打铁打了整四年,
勒紧腰带串不住一文钱;

---

① 糙:糊。

奶娃奶到娃会跑,
枯了奶子害下个干血痨。

尹尔恭,当街站,
跺脚仰天叹;
出得城门往东走,
一气儿上了河北赵州桥。

杜凤妮,回家来,
捏着把骨头不知几时埋?
想起了闺女们实可怜,
泪蛋蛋砸了脚面面。

赵州的棉花暖烘烘,
棉花认不得弹花工;
尹尔恭披的麻包片,
妻儿们睡的冰圪洞!

烂橡子倒墙难垒窝,
赵州地界不能活;
塌下饥荒①回寿阳,
为揽工又上了黄甲坡。

黄甲坡,楼梯田,

---

① 塌下饥荒:有了债务。

脚登祥云上西天；
东家赴了蟠桃会，
长工打下阎罗殿！

杨树叶,槐花儿,榆皮面,
蒲草根,野豆苗,苇尖尖……
有钱人吃喝瓮里长,
杜凤妮吃喝指沟边。

刨下生荒三亩六,
圪蹴①得腿肚子转筋筋抽；
打下一筐箩板黑豆②,
数着个儿还怕丢！

灵芝常住二姨家,
想看妈又怕看妈；
不敢听那句抓心的话：
"闺女呀,娘要死了这该咋？"

失迷沟里割荆条,
四面面葛针③无路走；
受苦人的日月失迷的沟,
割不尽的葛针砍不断的愁！

---

① 圪蹴：蹲下。
② 板黑豆：颗粒空瘪的黑豆。
③ 失迷沟：寿阳县境内一条长满荆棘的大沟。葛针：荆棘。

太平沟里不太平

风刮雨淅冷蛋子打,
日本鬼子乱中华。
二姨问灵芝:"怕呀不怕?"
"穷人不怕俺怕啥!"好对答!

上自唐宋元明清,
下至民国坐朝廷,
秀才赋得太平歌,
太平沟里不太平!

谷黄八月连阴雨,
谁有心思唱小曲!
满山都是逃难人,
肩挑背驮牵毛驴……

蒋介石北平放了羊,
阎锡山拱手把关①让;
噼里啪啦乱枪飞,
当的是迎客放炮仗!

急坏了州县众老财,
前院藏,后院埋,

---

① 关:娘子关。

龛里供,庙里拜,
画上块膏药旗忙剪裁。

长工屋里烟雾浓,
尹尔恭话语如敲钟:
老财们有奶便是娘,
保国还靠穷弟兄!

东家心虚耳朵长,
辞了长工结了账;
尹尔恭冷眼回头望,
朱门之上匾一方——

"紫气东来"刷金字,
想必是些好意思;
荒年乱月俺迎东去,
这一回,"紫气"该属咱们穷小子!

  二月里,刮春风,
  江西上来了毛泽东;
  毛泽东来势力重,
  他坐上飞机指挥在天空,
  后带百万兵……

尹尔恭呵你步暂停,
且听这仙乐一声声!

隔山隔水信天游,
可比咱秧歌更关情!

五台山下来活菩萨

受苦人,冷难挨,
数九寒天万千载;
甚会儿七九河能开?
甚会儿八九雁能来?

忽报满九九,
一夜百花稠;
五台山下来活菩萨,
春风进寒窑。

双手捧出大海碗,
斟上白水水也甜;
八路军同志你快接住,
莫叫跌进了泪蛋蛋!

这个海碗要辈辈传!
民主政府也靠它选;
手捏着豆豆碗里投,
豆儿转来心儿欢!

又减息,又减租,
枪杆子硬来腰杆子粗;

眼看着老财气数尽,
咱们返青他们枯!

成立起农会一杆杆旗,
行云哩播雨哩拿主意;
妇女和青年抱了团体,
九牛爬坡齐出力。

抖擞红缨铁梭标,
儿童团锄奸如锄草;
武委会给鬼子开小灶,
大刀片顶了炒菜勺!

她知道这世上有敌情

骨架哩骨架连着筋,
共产党和穷汉一条根;
妇救会二姨当主任,
小灵芝也成了公家人。

十区①的干部腿脚勤,
门槛槛踢烂了三几寸!
从此灰鬼们绕道走,
门神哪有八路神!

---

① 1939年,盂寿县(现盂县、寿阳县各一部分)第十区抗日民主政府成立于距赵家垴不远的辛庄。

白天挖菜满山转，

小灵芝就是侦察员；

狗窜宅院猪拱圈，

黄袄、黑袄①她记了个全。

傍黑随二姨撒传单，

小手手捏着个空壳蛋②；

先贴一张"拥护毛主席"，

后贴一张"开展游击战"。

阳坡坡日头阴坡坡风，

南梁梁下雨北梁梁晴；

家雀檐下梳翎毛，

鹞子冲天炼金睛。

开会不用人叮咛，

门外立着个小哨兵；

风吹草动她报警，

她知道这世上有敌情！

火线第一课

鬼子"扫荡"小阳坡，

大早起西梁上接了火；

---

① 黄袄指日本军队，黑袄指汉奸队伍。
② 灵芝把面糊灌入空蛋壳，不显眼，便于活动。

半后晌,还在打,
咱的人水米不沾牙。

一笸箩烙饼一笸箩馍,
大炮它偏咬着脚踪儿落。
群众"拥护"的熟鸡蛋,
飞子儿瞭见也嘴馋。

树影里闪,石窝里躲,
没遮没拦就飞着过。
二姨她头顶笸箩走在前,
灵芝小胳膊挎篮篮。

忽听山头欢声起,
战士们接应进了阵地;
一把将灵芝搂在怀:
"嗨嗨嗨,毛蛋蛋英雄实可爱!"

"中国不会亡!
看看吧,看看吧,
咱们有这样的小姑娘!"
营长两眼闪泪光。

"中国不会亡!
看看吧,看看吧,
咱们有这些些……共产党!"

灵芝臊得瞅鞋帮。

晚夕鬼子兵缩炮楼,
灵芝跟营长收兵走。
谁?哼哼哼,呦呦呦,
这会儿还待在山下头?!
营长一摆手:"搜!"
大撒网,紧收兜。

灵芝也哧溜跌了沟①,
又是笑,又是吼:
"哎呀,我的妈!
逮住鬼子啦!"
"缴枪不杀!快跟我走!"
"八路八路!大大的有!"

灵芝一蹦三尺三,
拽住咱营长往前钻。
一个战士将她唤:
"小闺女,快来看稀罕!"
灵芝一看眼冒烟,
顺手操起半圪截砖:

"俺倒要问问,

---

① 跌了沟:下到沟底。

他可有心肝?"
"对待俘虏讲政策,
敌人当中有穷汉,
他的枪口能调转!"
说这话的是教导员。

满村人挤成一圪堆①,
这笑呀乐呀地合不上嘴!
一宿好闹腾,
家家不瞌睡!
天明押送俘虏上二分区,
小灵芝还紧着追。

从此逢人问消息:
"日本国的受苦人,
甚会儿跟咱站一起?"
自问自答自叹气,
"倒也信他们会觉悟呀,
俺就是有点儿急……"

看咱打一段霸王鞭

闹社火②,庆丰年,
慰劳咱常胜的十九团,

---

① 一圪堆:一堆。
② 社火:旧俗,一般在每年正月十五日前后,以大村为单位,自愿组织起来的一种文化娱乐活动,其中夹杂有祝祷丰年、驱瘟避害的迷信色彩。

灵芝手提霸王鞭,
哪一回不领先!

乡亲们,听我言:
悄悄地,站一圈,
听咱表一表寿阳县,
看咱打一段霸王鞭。

寿阳县,山套山,
抗日的军民把了关;
小鬼子饿得往锅里钻,
香①不上咱的眉豆饭!

太行山,铁扁担,
一千里路不打弯;
正北担的是晋察冀,
晋冀鲁豫在正南。

寿阳县,正当间,
受苦人有十六万;
拍一拍脯子挺起肩,
走南闯北咱承担!

太行山,大铁砧,

---

① 香:馋涎欲滴的样子。

千里地界锤下颤；
锻尽杂质锤尽渣，
打出多少英雄汉！

寿阳县，正当间，
锤锤落在它上边；
烈火烧，血水蘸，
好钢好刃好儿男！

打个抵角对碰对，
打个骏马四蹄飞，
打个狮子滚绣球，
打个猛虎双剪尾……

单打不唱是哑巴戏，
连打带唱才真美气！
前不唱杨家将保国，
后不唱梁山泊聚义，
尽唱些抗日的英雄好子弟！

人是寿阳人，
地是寿阳地，
论村社左近百十里，
论年纪不过父子辈，
一个个指名道姓有实际——

打炮楼,撬铁轨,
割电线,埋地雷,
飞兵深入敌占区,
不拿帖子去坐席,
日本鬼给闹了个灰又灰!

就是挂彩被捉去,
老虎虽死不倒威,
眉不塌,眼不闭,
冲着青天三声喊:
共产党,万万岁!

霸王鞭下黄尘起,
忽雷霍闪惊天地!
震落鬼子胆,
有床不敢睡,
喝酒跌碎杯!

唱家不觉累,
听家入了迷;
一段表演罢,
老娘娘咬碎伤心泪,
男人们眉眼露刚气!

灵芝见此暗思量:
谁为革命死,

众人戴想谁！
工农得幸福，
一死何足惜！

字块块接起像子弹带

书本本和穷人缘法浅，
老财霸住它卖大钱。

黑蝌蚪爬满黄皮皮，
人道是这就叫皇历。

要想摸一摸纸，
除过是年初一贴对子。

山里秀才难寻见，
蘸上煤烟叩下些碗圈圈。

"抬头见喜"贴住悲（壁），
"年年有余"肚里饥。

皇上代代坐龙廷，
受苦人辈辈按手印。

二战区《文书》①有甚好？

---

① 抗日战争时期，蒋介石将山西、绥远一带划为二战区，由阎锡山统辖，因此，山西人民以"二战区""晋绥军"泛指阎锡山匪帮。《文书》是阎锡山地方反动政权的告示、公文之类的统称。

日本人《露布》①更其孬!

纸、笔、墨、砚坑害人,
胡日鬼的画些甚!

八路军来了世道变,
明光光的瞎汉睁开了眼!

甚的仓颉造字是圣人,
原来圣人是众人!

文化本是咱血汗变,
笔杆子要跟咱印把子转。

时兴下个新名词儿叫学习,
混沌初开见天地。

为读书灵芝来动员尹尔恭,
爹说:俺的思想还用你打通?

转身一跳坐炕沿,
娘说:咱穷人出你个女状元!

当下缝了个布包包,

----

① 露布:指日本侵略军占领山西时经常张贴的公告。

二天起得比公鸡早。

认字该先认哪几个?
"共产党"坎在咱心窝窝。

水灵灵满眼放光明,
会写咱领袖的姓和名。

又听说外国也有指路星,
一个姓马,一个叫列宁。

革命的道理她往回搬,
小灵芝活像个"女宣传"……

光脊梁难挑千斤担,
尹尔恭盼灵芝闹吃穿。

破大门赶上了穿堂风,
娘不离炕台病情重。

好闺女不吭声告了假,
泪花花背着爹娘洒!

坩子土配青石板,
一溜溜红字实好看!

石磙子难离石碾盘，
见天学校要转三转……

告老师讨下些字块块，
满墙满壁贴起来。

门框框贴了个："有""地""雷"，
窗棂棂贴了个："解""放""区"。

编一段小曲儿独自家唱，
弟妹们日久学帮腔：

俺的字块块真不赖，
接起就像子弹带！

没子弹咋去打敌人？
没文化咋能翻透身？

等到胜利了光景好，
拉上咱爹妈进学校！

新血印呵旧泪痕

鸟鸣空谷百样音，
水落深潭一架琴；
可惜了天然好声韵，
难得解愁平怨愤！

忽听鼓乐满河汾，
八音吹打动人心；
好事近呵喜临门，
乐坏了咱——
打柴、烧炭、开荒、刨坡、躲债、逃租的受苦人！

原来是鬼子投了降，
灵芝的秧歌最响亮；
人在崖头站，
歌在沟底淌，
淌进黄河淌进海，
一直淌满太平洋：

  旱地的谷呀金丝丝黄，
  八路军哥哥上战场；
  扛上大刀拿上枪，
  为救咱中国打了八年仗！

  碱地的瓜呀苦茵茵瓢，
  日本太君趴了城墙，
  问一声他来：你为甚哭？
  他说他瞭不见小东洋……

雁过空谷断肠音，
石滚深潭断弦琴；

只觉得万物蒙烟尘，
越发阑兴①少精神！

又是大火扑梢林，
又是平地起乱坟，
新血印呵旧泪痕，
恨杀了咱——
咬牙、拧眉、跺脚、捶胸、摩拳、擦掌的受苦人！

原来是反动派丧天良，
糟践咱一十三省②好地方，
外战他外行，
内战他内行，
美国佬相跟上拍巴掌，
为的甚？快去问咱的共产党！

政委言短意味长：
"前门的老虎后门的狼，
要不要都抵抗？"
灵芝回话落地响：
"夜天叼的猪儿今天叼的羊，
一挞里算总账！"

---

① 阑兴：扫兴。
② 一十三省：习惯用语，泛指我国内地各省。

帮俺快前进

庙里的泥胎神不神?
过水不能保自身;
龛里的木雕灵不灵?
过火转眼成灰烬。

毛毛妮子开脑筋,
神呀鬼呀难凭信;
要问她普天下谁至尊?
她只认:"共产党和八路军"!

眼下就有这么个人,
爹爹、二姨都见他亲;
一迭连声喊老朱,
官名大号全不论!

毒日头晒来霜雪侵,
野营枪当枕;
千家饭,饱一顿来饥一顿,
囫囵觉他没份!

前脚才奔尹家门,
后脚又扑太平村;
人说八路军长了飞毛腿,
老朱踏的是风火轮!

不料想出门碰上垂天云,
回家见了个重病人——
朱政委！烧红了脸来烧乌了唇,
烧焦了好嗓音!

铁打的,钢铸的,
不倒不倒倒下还挺沉!
神仙也会病？可当真？
姨父、二姨去求诊……

多谢先生手回春,
春浅将息到春深;
一月侍候三十天,
见天十二个时辰。

宽腰带,肥衣襟,
铁汉子披挂又上阵!
火氤氲,水滋润,
小灵芝难舍又难分!

"盘树你教俺先问根,
看人你教俺阶级分;
夜天的月晕二天的风,
爱甚恨甚有原因!

"天空中的北斗数着认,
地图上的延安指着寻;
唱熟了《二小放牛郎》,
翻烂了多少书本本!

"又盼你快好了添精神,
又盼你多生几场病,
煎药,做饭,要俺作甚俺作甚,
你也好帮俺快前进!"

姨父怨她"每事问",
二姨嗔她没分寸,
政委一拍巴掌笑连声:
"说得好!理不短来情更深!"

妈妈呀妈妈俺要你活!

柳木棺材手拍破,
妈妈呀妈妈俺要你活!

换不起新袄铰不起脸,
端一盆清水擦眉眼。

打下个墓子刨下个坑,
尹尔恭的汗雨带哭声!

乡亲们兴的是老规矩——

撒土垫墓子靠闺女。

咱灵芝最听爹的话,
拿了簸箕拿扫把。

前山的糜子后山的谷,
哪挞里想起哪挞里哭:

"俺妈的苦情是灶里的烟,
一阵阵没散一阵阵翻。

"万恶的世道折阳寿,
俺一家和旧社会不解仇!

"眼看着湿煤搭干柴,
盼到了红火你又不在!"

泪洒黄土不扬尘,
老人们又叨叨该"扣魂":

"五道庙铺纸扣上个碗,
不满三天可不敢乱翻转。"

"受苦人死了不摆置①,

---

① 摆置:照料,安顿。

来生还吃猪狗食。"

猛听得下辈子又遭罪,
尹尔恭心慌难答对。

十指挖肉疼连心,
一阵风刮来了公家人。

政委同志摆道理,
不说眼下说年初一:

"年初一咱担水兴满瓮,
这个名堂叫'填穷'。

"年年担水你犯气喘,
老财的肚皮甚会儿满?"

灵芝听罢脚一跺:
"这号蠢事俺干过!

"梅红纸铰上些穷死鬼,
跌山沟送穷烧成灰!

"要不是来了共产党,
铰折了剪子也没指望!"

尹尔恭捉住闺女的手：
"嗐！你爹还是脑筋旧！

"是党说的咱一万个听，
党不叫迷信咱不迷信！"

闷葫芦割开两张瓢，
血一瓢来泪一瓢。

世上哪有鬼和神？
反动派雇的它坑害人！

三魂不用扣七魄不用放，
干革命闹翻身最正当！

泪花花一弹眼光明，
快说给二姨她准赞成。

红瓦瓦油柿子①集上卖，
二姨给灵芝好款待。

灵芝张嘴不能咽，
拉上二姨往回返。

---

① 油柿子：寿阳人民喜爱的一种油炸甜面食，形状、颜色都像柿子。红瓦瓦的"瓦"字，读去声。

不到村口有人唤，
弟妹们哭红了两对眼。

问他们这是和谁恼，
小手手递过来白羊毛：

"'野卖药的'①烂肠子，
俺妈死了她对心思，

"说甚命穷气大该得气臌噎，
这一回阎王爷出了请帖！

"一把把羊毛棺材里撒，
俺爹不在还咒咱全家！"

"神婆下神把人蒙哩，
撒羊毛咒俺妈难超生哩。"

灵芝寻见二大娘，
一堆羊毛摺上炕。

"俺不信羊毛能害了人，
倒是要问问你安的甚心？

---

① 灵芝的二大娘黄银蝉，娘家是平定县保安村一富农，极坏，村人给她起了个绰号：野卖药的。

"能捻线线能擀毡,
今天你大方得忒新鲜!

"果真是阶级斗争一面镜,
识透了你老财的阶级性!"

乡亲们围住门子骂,
黄银蝉落了个灰不塌。

尹尔恭回家听汇报,
直夸咱灵芝斗得好!

人死灯灭黑了房,
冷了锅灶凉了炕。

想起了老小饿肚子,
分吃了三个油柿子。

"咋就没有你自家?"
"俺在姨姨家吃过啦!"

二姨一旁看得清,
调转脸去揉眼睛。

孩儿们嚷嚷:二姨为甚哭?
二姨说她是揩尘土……

第二部

记住五四这一天

一年三百六十天,
低头不见抬头见:
男人们离不了锄和镰,
妇女们围着三台转,
娃娃们挎的苦菜篮。

说话就一九四六年,
叫咱们也好活①几天!
吸烟的一圪堆听传言,
剪头发的爱把门子串,
牛犊子马驹儿尽撒欢!

果真是非同那一般!
解放军打老蒋下了山,
胜利的消息似火燃,
烧着了小伙子黑脚杆——
红花白马把军参!

---

① 好活:快快活活。

的确是非同那一般!
憋足了心劲闹支前;
籽一颗,心一瓣,
粪一勺,汗一担——
务做好后方的刮金板!

实在是非同那一般!
受苦人,谁不盼,
日日上房瞭延安,
还要掐着手指头算——
土改的号令甚会儿颁?

当然是非同那一般!
罗振兴日夜插门闩;
软的盖,热的垫,
偏摸着尽是些筛子眼——
牙打战,还咒咱们颠倒颠!

太阳睁眼就见笑脸,
月亮瞌睡了人不眠,
记住五四这一天,
天变地变中国变——
了不得!往后的日子赛蜜甜!

《五四指示》①往下传!往下传!

---

① 1946年5月4日,党中央发布了关于土地问题的指示,决定改变党在抗日战争时期的土地政策,由减租减息改为没收地主土地,分配给农民。

旱地水地往起站！往起站！
东西垅，南北畛
一块块，一片片，
齐都扑在了咱怀里边！

山山水水高声唤：
贫雇农们，组织起来把身翻！

鲤鱼跳龙门

砍倒树，拉开锯，
备下木桩分土地！
村村选举新农会，
要选好样儿的！

不选尹尔恭能选谁？
赵家垴百人一张嘴。
打铁的！工人阶级！
响叮当汉子咱信实你！

尹尔恭挣红脸子挺直身：
"众人叫干俺应承！
大伙儿多拾柴，
俺当拨火棍！

"就凭咱火功硬，
反动派不愁烧不净；

咱跟共产党一条心，
千年的封建成不了精！"

打铁汉子话不多，
一锤一个窝。
拉大风匣加大火，
老财们打哆嗦。

灵芝圪蹴在墙旮旯，
想起了下世的妈；
两眼瞅定自家的爹，
手捧泪花花。

妈妈呀，起来看看吧，
就怕你要认不得他！
鲤鱼跳龙门，
革命人变化！

铁匠铁口不肯讲，
灵芝可猜定他在党。
政委同志好眼力，
多少材地①里挑大梁！

共产党呀共产党，

---

① 材地：木料。

俺有句知心话儿对你讲：
党员作甚俺作甚，
爹的脚踪儿能追上！

太平沟出了害人精

一色色谷草一色色料，
为甚长下了两样的膘？
边区的黍子边区的豆，
养活了好人也喂下了狗！

阳春三月的水萝卜，
皮红心白吃不住剥；
私通阎匪的李凤鸢，
到头来二战区入了股。

恶狗本在人堆里混，
八路军门圪洞他惯常蹲；
蜕下人皮现狗形，
太平沟出了害人精。

狗鼻子尖，狗尿臊，
乱钻乱嗅撒一泡；
哪村有了咱的人，
他在哪村认下记号。

一九四六年十二月，

节令到大雪，
黄土塬上白茫茫，
阎匪料定咱生机绝。

雪如席片满山盖，
反动传单飞下来：
穷小子们雪里埋，
要活命的快"自白"！

敌人水漫①解放区，
寿东②县委已转移；
李凤耋带领的"团团队③"，
沟里三天搜两回。

同志会，国民党，
今天要款，明天要粮，
谁的胳膊挡一挡，
翻脸就判你是"伪装"④。

团团队长新上任，
瞧他那份儿神；
恨不得耳朵眼里插花翎，

---

① 当时阎匪全面进攻我解放区，号称"水漫式的进攻"。
② 抗战胜利后，石太路以北的寿阳县境，曾以黄丹沟为界，划为寿东、寿西两县。
③ 团团队，群众对伪复仇队的鄙称。
④ 敌人管我方留下坚持斗争的积极分子叫"伪装"。

喝咱的血呀越喝越上瘾!

打从队长数上去,
百姓们头上尽恶鬼;
谁不顺眼就害谁,
狗日的管这叫"肃伪"。

地头蛇,地皮熟,
不用黑帖子不用图;
革命的鲜血尸骨道,
叛徒的升官发财路!

两种命运大决战

燕子衔泥才落檐,
抬头又见南飞雁;
春过寿阳懒梳妆,
红淡绿也浅。

何处春流连?
子弟兵军衣教血染!
海枯石烂不敢忘呵,
这一年,两种命运大决战!

朔风吼,冻云翻,
黄河冰凌割人面。
美械蒋匪杀气重,

中国正春寒。

六月雪,七月霞,
反动派全线大进犯;
翻身户丢下坛和罐,
走马天下闹春耕!

多少后生上火线!
多少粮车转山间!
多少妇女扛弹药!
多少担架抬伤员!

主力部队战易、满①,
炮火更比霞光艳;
百里寿阳百条枪,
日月艰难歌声欢!

看咱毛主席有神算,
敌人敢不听调遣!
缩回的拳头再打出去,
运动战中把敌歼!

战地小曲儿几时编?

---

① 1946 年 11 月 3 日至 12 月 23 日,我晋察冀野战军举行了易(县)满(城)战役,歼敌八千。

就在这,行军打仗扣虱谈笑间!
铁脚板歌手万万千,
万万千,黄壳壳小嘴是儿童团!

报信鸟初飞

四十九师一把刀,
阎锡山他不离腰。
如今抽刀斫寿阳,
石头也开膛。

折了刀尖卷了刃,
共产党杀不尽!
太平沟是神仙沟,
死了死了又活了!

阎锡山,急红了眼,
收一帮坏种害芹泉;
李凤藩端了特务的碗,
喝血的还有李克源。

一根电线杆杆上架,
太原给特务队传了话;
什么话?一字话,
什么字?杀!杀!杀!

路远担子重,

村干部一人顶俩用；
儿童团长尹灵芝，
茸毛毛练了个硬翅翅。

天黑灵芝奔区委，
汗淋漓，辫梢儿拧出水，
"老朱叔，告给你，
敌人出动了特务队！

"不走南梁走东梁，
郭垴的哨，窑垴的岗；
不等掌灯就上炕，
甚的鬼名堂！"

山水下来石乱滚，
谁能比石头稳？
朱政委，细沉吟，
眼睫毛不动一半根。

斟满一碗水，
守着咱灵芝喝完才言语：
"好闺女，莫心急，
越是危险越要沉住气！"

灵芝一笑忐腼腆，
头头尾尾重又说一遍；

抿一抿头发揩一揩汗,
暗起誓:改正这缺点!

"敌人不是瞌睡虫,
须防蛇出洞。"
政委转身喊房东,
"通知干部们快集中。"

"飞吧,飞吧,报信鸟,
给咱飞回赵家垴,
有情况,速速报!"
"是!"一拍翅膀不见了!

报信鸟再飞

区委驻在野雀坡,
髁膝盖就是办公桌;
党呵,群众揣你在心窝窝,
水深鱼好活。

朱政委,临窗坐,
八方风雨眼前落;
只因阶级兄弟多,
漫天野地都像自家检点过!

男和女,老和小,
多少腿脚在奔跑?

羊肠肠,山凹凹,
灵芝走道刮起飙!

正西瞭过扑正东,
遇见观风的尹尔恭:
"爹呀,这一回来势汹,
切莫叫敌人拾了脚踪!"

"不咋的,来了就钻山洞!
倒念你,伶仃小妮子挽强弓……"
欲言又止作笑容,
"衣单薄,小心着了风!"

时序早入冬,
月明如水泼地冻。
不!此时此地偏觉暖融融,
父女同志肝胆相照心相通!

前半宿,好精神,
草里能寻针;
鸡唱三遍谁不困?
天将明还昏……

猛听得村外有行人,
脚步儿碎,咳声儿闷,
黑魆魆,乱纷纷,

鬼影麻糊甚的些夜游魂?!

灵芝吃劲儿揉眼睛,
看清!快看清!
没错儿,滴溜打蛋身不正,
就是那帮流流兵!

天惊醒!月回避!
分分秒秒都金贵!
要抢在敌人头里!
灵芝插翅飞!

风呼呼,耳边吹,
心上的鼓,脚下的雷;
敌枪齐发乱兵追,
野雀坡,被包围。

拢子拢,篦子篦,
眨眼区委无踪迹;
远村近村标树全倒地,
标树根柢原在咱心里!

如今处处有戒备,
看你灰孙子们咬谁去?
到界石,政委已开罢碰头会,
眼下正杀棋……

报信鸟三飞

会上做决定,
敌情须探明,
报信鸟,翅生风,
两日兼三程!

朱政委,暗思忖,
灵芝该好好歇一阵;
第一,她太困,
第二,疼她的姥娘住本村。

灵芝却反问:
"知山知水知乡音,
守家门,谁能犯疑心?
再说,俺爹跟前……也得有个人。"

炸雷落地不见个闪,
碌碡冲人脯子上碾!
灵芝寻爹爹不见,
天呵天,谁料想从此难会面!

"闺女呀,出了人命!
你爹叫灰鬼们捆了一绳!
相跟上去枣林,
咋呼要动大刑。"

北风号,北风天上号,
北风刮起灵芝跑;
北风号,北风心上号,
北风将眼泪冻住了!

北风呀,你别号,
还有桩大事没办好!
谁为人可靠?
谁家门能敲?
抬腿动脚都要想周到;
敌人分几股?
枪支有多少?
来来往往走的哪股道?
说了一些甚?
曾把谁们找?
一言一语必须全记牢!

一炷香,还在烧,
政委灯下读情报:
笔儿跳——心儿焦,
纸儿破——刀儿铰,
呵,待不相信偏可靠!
手莫抖呀眼莫跳,
捉住纸呀往下瞧:
"共产党员、农会主任尹尔恭

不幸落圈套!
俺爹的脾性俺知道,
这个仇,俺要报!"

泪花花早变了火星星

芹泉设刑庭,
四天动大刑——
五花大绑的干绳绳,
皮开肉绽的湿绳绳!

"俺有什么好招认!"
尹尔恭,骂不停;
干绳绳上面留齿印,
湿绳绳更知骨头硬!

"共产党员干革命,
专为天下铲不平!
要剐有肉,要杀有颈,
省下你那些唾沫星!"

第五天,天刚明,
敌人押他进太平;
反剪手,紧拴绳,
满身血壳子不成形!

李凤蒍,吼连声:

"提堂公审,开荤吃腥!
哪个胆大的不参加,
一圪里用枪崩!

"屎屎大点村村'通匪'倒出了名,
不是我刀下留人情,
水机关都突突净!"
李凤蒿,一拉枪栓圪拧拧。

"先给你们告个警,
竖起耳朵听!
快'自白'!快'转生'!
'自白''转生'的好活命!"

杜二凤,锁大门,
拉住灵芝窜山林;
分水岭,难藏身,
野窑没一眼,
葛针不成荫。

"妮子,你蹲蹲!"
二姨一把捉衣襟,
"暴露了目标难生存,
要烧柴,靠山青,
要报仇,靠后人!"

天旋地转响枪声，
千山万壑闷雷滚，
雷声哪有心声沉：
告给全中国受苦人，
无字血书又一本！

好同志，好父亲！
这一枪打的两个人，
俺前胸后背也穿血印！
知道了，从今后，
挑担俺要挑双份！

心呵心沸腾，
眼呵眼凝冰，
抱拳用牙咬，
双拳血殷殷！
二姨喊她她不应！

"妮子，好妮子，
你得哭呀，你得哭出声！
可不能这样发愣怔！
闷坏了身子骨，
俺那……姐夫姐姐睡不定！"

"姨姨呀，俺哭不成！
泪花花早变了火星星！

放心吧,哪有闲工夫去生病,
俺在想,该叫敌人哭哭了,
敌人不哭咱革什么命!"

接过担来学挑担

爹爹骨未寒,
乡亲忙装殓;
"二姨呀,家有三件事,
先拣紧的办,
俺可要赶回去……有文件……"

二姨听此言,
断线泪珠珠满地溅:
"好妮子!斗争长心眼!
共产党员不绝后,
有人来接班!"

文件拾掇了几大卷,
书本本,纸片片,
漏不下一半点。
待到天黑人睡定,
急切切,一口袋塞进水沟眼。

搬疙瘩石头堵了个严,
撒土扬尘细遮掩,
瞅机会,日后往外转。

灵芝定神当院站,
水不露,山不显。

忽听咯哒响,二大娘插门闩;
莫非真是马王爷三只眼?
灵芝一宿心不安。
披衣起,金鸡唱二遍,
哎呀,沟眼眼通见天!

不能说,不能喊,
心上好熬煎!
哪家的狗儿鼻子尖?
实可惜那心爱的小红旗呵,
一把铁锤一张镰!

越思越想自家越埋怨,
革命受害怕不浅!
灵芝决定把山翻,
一五一十不隐瞒:
"朱政委,俺有错误你批判!"

政委双手抚瘦肩:
"表扬你,有保密观念,
丢口袋,说明少经验;
放心吧,那些纸头无机密,
敌人得了空喜欢!

"倒要看,蛛丝马迹人暗算!"
灵芝抬头睁大眼,
清澈如同山中泉……
心了然:"接过担来学挑担,
请求组织考验俺!"

就看你信心坚不坚!

黑云彩,遮住天,
老财们闹倒算;
赵家垴,风口上站,
半阴半阳搭界线。

来回一拉锯,
政权解两半:
一头藏红旗,
一头祭白幡。

日日插住门,
瞒人卷窗帘;
夜夜和衣睡,
满世界飞谣言。

"野卖药的"拉开了旧丝弦:
"将相自有种,
富贵前生缘,

黄泥巴脚杆难修仙!"

罗振兴,来回攥,
踩住灵芝的脚后跟,
连布袋抢走了黑豆面,
临了还蹬塌了灶台砖,
白眼一翻出狂言:
"穷小子命该肚儿扁!"

高富保,起了焰,
一天烧灵芝十八遍,
立逼着交出来卖驴款,
还说甚折了利息当尾欠!
调过头照住门扇抽两鞭:
"穷小子哪配使洋钱!"

二大娘,睡得甜,
大早起龇着金牙倚门前,
一撇嘴儿三斜眼:
"谁叫你爹闹斗争?
剥削甚?压迫甚?
还不是想白吃白占!
也怨个人平日爱宣传,
甚的闺女小子一般般……
看看看,落了个父债女来还,
骨头烂了有账面!"

多少话，叫人七窍生烟！
多少事，叫人咬牙攥拳！
可灵芝不吐又不咽，
来来往往，大大方方，稳稳当当，
估不透呵猜不见！
"这妮子一不疯癫二不憨，
包的些什么馅？"
敌人怕看灵芝的眼：
黑夜——三九的月明冷冰冰！
白天——三伏的日头火炎炎！

灵变人小气难咽，
"都欺咱没爹没妈的小可怜，
也不嫌寒碜！"
灵芝含笑忙分辩：
"谁说咱孤单？
解放区亲人万千千！
咱要记住政委的话：
疾风知劲草，
艰苦是考验！
——就看你信心坚不坚！"

叛徒下场真解恨

敌人有无线电，
咱们有常见面。

革命的经络交通站,
穴位都通心尖尖!
核桃树下老地点,
灵芝和交通员暗接线:
"莫受罗代英欺骗!"
呵,这可是个心腹患!
"治安员,不治安,
他和敌人有勾连!"

月黑杀人夜,
风高放火天。
罗代英家门虚掩,
鬼影忽闪便不见;
噗的一声吹了灯,
哒的一声插了闩!
阴惨惨,好凶险!
天兵自天降呵,灵芝走近前,
耳贴门缝睁大眼,
浑身披挂都是胆!

毒蛇毒舌乱动弹,
出卖机密把计献:
"长官呀,真危险!
子母雷,绷紧了弦,
有的埋沟底,
有的埋埝畔;

何不赶群羊,
队伍跟后边,
破了地雷阵,
国军保安全!"

叛徒呀叛徒烂心肝,
该把你撕成碎片片!
锉牙牙冒火,
捏拳拳生烟,
灵芝本想先锄奸,
军情迫,十万火急非等闲!
扭转身,下土埝,
一脚深,一脚浅,
不歇气儿地跑到界石村,
情况说了个全。

区武装部里似风卷,
一股黄尘沟里钻,
除过几条凳,
是有腿的都不见……
人不响,马不喧,
赵家沟的地雷全起完。
草皮虚盖土新翻,
故意露破绽——
打狼深知狼多疑,
遍地画白圈。

二天天明敌人来,
果然羊儿一大片;
沟里草肥羊贪恋,
细嚼更慢咽;
跟一群哑巴吃黄连,
进退实两难——
好一场不声不响的地雷战!
正觉着头皮发麻两腿颤,
嗵嗵嗵!滚木礌石如雪崩,
两山喊杀声震天!

最堪笑,敌人丢盔卸甲抱头窜,
不见蹄蹄只见烟!
这当儿赵家堖村擒内奸,
一押押到山里边,
路家庄外招了供,
就地正法不迟延;
灵芝带回告示来,
贴在罗代英家门前——
叛徒下场真解恨,
满村争把宣判念!

为甚一人长双肩?

麦过芒种心里熟,
铁过猛火浑身坚。

爹爹牺牲那一天,
灵芝通体上下变:
换上解放鞋,
铰掉长辫辫,
伸胳膊抬腿像个老"妇联"。

为人难活两辈辈,
一辈辈一回十六岁;
十六岁,花红好年纪,
花红赶上甘露水——
革命的血和泪!

自古武艺十八般,
单练双刃剑:
半边边留在了儿童团,
半边边扑妇联——
小女女双手能撑天!

两个灵芝常拉话,
自家问,自家答:
论长幼一半属娃娃,
分男女一半长头发——
俺的责任大!

忙生产,忙支前,

天每①还离不了锅瓢碗；
更有那军鞋千万双，
不是闲针线！
谁说妇女们见识短！

哨兵线，长又长，
布满了南北东西梁；
民兵一拉走，
儿童就顶上，
风风雨雨这小苗真见长！

两个灵芝常交谈，
心里思，心里言：
为甚一人长双肩？
分明是该挑两副担！
光荣莫过肩生茧！

灵芝红得火辣辣，
乡亲爱，敌人怕！

碰倒人民头上三座山

做军鞋，没鞋面，
巧媳妇难为没米的饭，
任务实艰难！

---

① 天每：每天。

灵芝满世界团团转,
心里上火眼生烟。

去找群众做动员?
指望谁捐献?
看看吧,人们穿的甚衣衫!
棉不棉,单不单,
哪一件不破烂!

"闺女呀,你忒实心眼!
何不扯下戏台上的布幔幔!
等到革命胜利了,
写上台大戏①唱三天,
怕不能另做个新崭崭!"

麻纸纸糊窗户糊了个严,
捅一个窟窟瞭见天。
灵芝受了锦囊计,
心中好喜欢——
齐了心的凡人赛神仙!

年代久,布色淡,
煮一锅野靛把色染;
量罢尺寸细盘算,

---

① 写上台大戏:请剧团演一出大戏。

赵家塔任务保了险。
富裕的——支援外村理当然！

灵芝撒腿一溜烟，
野雀坡、李家沟跑一圈，
进山的驴，
摆渡的船，
新染的青布递手边！

妇联会姊妹们笑开颜，
三家挑应战！
灵芝提笔写条件：
"十个手指有长短，
思想工作要全面。"

梁家嫂子心眼儿偏，
闭住窑门放窗帘，
挑灯飞针线——
只顾个人赶营生，
军鞋任务扔炕沿！

"嫂子呀，别遮掩，
窗缝缝里俺瞧得见，
先私后公，咋能上桌面！"
灵芝含笑推门进，
老梁家闹了个大红脸。

"两寸满共纳三针,
这鞋你给谁穿?
莫说前方没有你家的汉;
革命不能扯后腿,
道理可是一般般!"

又是批评又是劝,
又是说笑解心宽,
三把二下拆掉旧针线,
一人抱一只通宵干!

你看咱灵芝,
眼神儿不倦,
针脚儿不乱,
小曲儿不断:

> 麻秆秆扎根太行山,
> 不长不短三尺三;
> 太行女儿做军鞋,
> 麻线线牵着咱心思转——
>
> 青布帮子白布底,
> 寄了①忽雷藏了电,

---

① 寄了:存着,藏着。

憋了心劲许了愿：
防守穿它脚生根，
进攻穿它轻似燕！

咱做军鞋为支前，
军鞋与咱共心肝！
同志们手指头一弹谁不赞：
嗬,当当响,响当当，
真格的"碰倒山"！

碰倒什么山？
碰的不是太行山；
太行山是父母山，
边区指它闹吃穿，
吃饱穿暖揍那伙王八蛋！

碰倒什么山？
碰倒人民头上三座山：
洋大人,老封建，
还有官僚资本大买办，
压住咱千年的苦和冤！

碰倒山哪碰倒山，
边区人民日夜盼：
快快地蹬烂这大牢监，
为咱重铺一个地，

为咱重展一个天!

二天天明工夫完,
老梁家满脸挂的泪串串:
"俺的好主任哩,
多亏做了俺一夜的伴,
怨你嫂子是糊涂蛋……"

军鞋做齐备,
超额过一半,
仔细挑来仔细拣,
三个村儿里数谁拔尖?
哟,这一双呵都待见!

大底打得层摞层,
方口滚的青贴边,
帮子上还纳的些甚点点?
——万字云云一大片!
叫人看花眼!

这是谁的好手段?
娶下这媳妇儿可有缘!
七嘴八舌说得人脸调转:
"盘树又挖根,
你们不会看?"

可不是！尹——灵——芝，
三个大字正端端，
写在鞋里当中间。
区委表扬了赵家垴，
夸它有个"老妇联"！

天下喜儿知多少？

窗棂破，窑顶漏，
一股股银水泻炕头。
月儿悄悄抚灵芝：
"为甚身单影也瘦？
弟弟妹妹哪儿去了？
灶火呵，她的心事你知否？"

灵芝揭锅盛稀粥，
清汤淡水月荡舟；
月儿见粥更心疼：
"饭食不如老财的狗！
不论夜，不论昼，
闺女啊，心甘情愿众人的牛！"

灵芝方觉月有情，
邀月共锅搅稀稠：
"弟妹寄居姥娘家，
俺一人忙活能放手！
闹翻身固然非是图享受，

争吃喝却正须同敌人斗!

"俺爹革命到了底,
留下重担落肩头;
只盼太阳当空钉,
十二个时辰永驻留……
有一句话儿你莫动气,
这久你倒在哪方游?"

月儿扑身将她搂,
又急又怨又害羞:
"你看你个小灵芝,
张紧①得连我也没顾上瞅!
哪天我不打村里过?
我也是穷人的好朋友!"

灵芝忽然抿嘴笑,
儿歌童谣水长流:
"初一你藏在云屏后,
初三你画眉细如钩,
初五你才挂打草镰,
初七你拢子懒梳头……"

月儿接过忙开口,

---

① 张紧:紧张,忙碌。

偏唱些老调旧歌头：
"待到十五揽明镜，
照见人间几多愁！"

"俺不愁！俺早愁了个够！
俺是盼！俺一心盼报仇！"
月儿和灵芝话未了，
忽听有人把门叩——

"快快和我相跟上走！"
朱政委！为甚他话音合着鼓乐奏？
"师文工队演的《白毛女》，
戏台就搭在咱太平沟！"

灵芝闻听身抖擞，
五里山路一步走；
政委拉她一垯里坐，
月打灯笼照台口——

杨大伯，你忒忠厚！
卤水封了你的喉！

喜儿姐，连心的肉！
你要活呀要报仇！

大春哥，你雄赳赳！

快快进山把她救!

黄世仁,两脚的兽!
千人唾骂万人咒!

演到诉苦公审时,
喜泪滔滔湿衫袖!
问苍茫,天下喜儿知多少?
月儿道:前后左右尽白头!

灵芝纵身石上站,
千仇万恨一声吼:
黄世仁! 低下你的狗头!
乡亲们! 咱也参加斗!

太行山应着灵芝喊,
天动地也抖!
政委点头月点头——
呵,好同志! 好战友!
你想的是千家万户血海仇!

革命是阶级对阶级斗

一九四七年好年景,
两个喜鹊踩窗棂:

解放军打开了寿阳城,

一风吹了个大天晴。

党中央传下来土改令，
从今后刮金板随咱姓。

区委办起了训练班，
红了平川红了山。

红纸纸申请红心肠，
洗净双手递给了党。

又反奸来又清算，
灵芝的背包尽文件。

谁说人多烧糊饭？
翻身的大事靠众人办！

灵芝手摸红书皮，
灵芝心贴毛主席。

百人百面要分析，
秤高秤低论阶级。

讨论会红火人欢喜，
小伙子发言最俏皮：

"想地想煞了受苦人，
好事多磨又一春！

"那《五四指示》只当订下亲，
于今才明媒正娶进家门。

"嗐,它有情来我有心，
这才是自由恋爱结的婚！

"眼下是吃饭拌蜜糖，
黄连苦情可不能忘！"

灵芝含笑把话讲：
"长工大爷们出主张。"

泰山庙建议设会场，
赵家垴保证打第一枪！

四面面刮风云摞云，
太平村里外人挤人。

不赶庙会不求神，
老封建死了要发引①！

---

① 发引：出殡,棺材落土的仪式。

哭一阵来笑一阵，
八十岁老汉娃娃心。

紧搂住小孙孙不住地亲：
"数你赶上了好时辰！"

共产党搭救咱出苦海，
毛主席掏井甜水来。

不用烧香不用拜，
手盘井绳绳上井台。

井绳绳两股你咋分开？
一股仇来一股爱！

打一桶甜水泪盈盈，
斗争大会上诉苦情。

抖一件血衣吼一声，
灵芝上台风雷腾！

消灭穷人的对头星！
俺爹的血债要偿清！

沟里喊口号沟外应，
大山小山争作证！

午时三刻号炮鸣,
拉上高富保用枪崩!

苦水水漫了大庙顶,
八方怒涛脚下生!

……打鬼子流血的是咱们,
打跑了鬼子又来了个二日本;

……老财们攥刀来夺印,
抱的个粗腿是晋绥军;

……太原府四门十六洞,
哪一个洞里没长虫?!

……逃亡户捎来些黑帖子信,
没跑的串门串户乱人心;

……虚吡①甚短了个土坷垃都不行,
胡吹他老蒋搬了美国兵!

……一天价盼咱的红旗倒,
万事再搬老套套;

---

① 虚吡:虚声恫吓。

……小斗出，大斗进，
青苗地里驴打滚！

……挂起镰，拾起棍，
不讨吃就没法儿混！

……养下的儿女不由人，
自插草标自卖身！

……谁要是犯了禁，
官府大狱管你蹲！

共产党号召咱句句听，
打倒封建要挖老根！

血一层来泪一层，
僵尸想还魂是万不能！

苦瓜共的是一条藤，
灵芝和众人同根生。

众人捧柴火势旺，
灵芝眼明心更亮：

这千家万户都有仇，

革命是阶级对阶级斗!

认定毛主席的路子走,
宁可杀头不回头!

认得你老财认不得亲

连珠号炮声递声,
灵芝一心闹斗争;
妇女们脸上添光彩,
男人们眼中赛后生!

农会新选了罗四维,
石(实)心石(实)肠配石(实)嘴;
遇事寻闺女——
他倒说:老锣(罗)寻的是定音槌!

两下里分了工:
大叔安营扎寨守山洞,
灵芝盘马弯弓打冲锋——
哪儿有碉堡就哪儿攻!

李家沟斗倒李殿喜,
砍了李凤蕎家一杆旗;
野雀坡又掏恶霸的窝,
拾掇完豺狼虎豹四兄弟。

为甚大娘大婶子咬耳朵?
"火焰山,她能过,
就怕过不了赵家垴的坡!
常说,村不露村好村社,
兔子吃草不近窝!

"罗振兴,笑面虎,
这会儿失势好对付——
按住他后颈窝准能吐;
'老榆皮'可是她大伯父,
亲侄女能不抬手扶一扶?"

灵芝听罢身冒汗:
原来众人在把俺看!
论说要揭这石板,
俺有甚不敢!
阶级斗争手不软!

丁是丁,卯是卯,
同一门祖宗不同道;
扣住他小子尹政不让跑,
先把家谱当众烧,
再把浮财往外刨!

抖搂出大爹发家的底,
哪一件不冒血腥气?

闺女陪浪人①滚枕席,
小子私通日本鬼——
送情报贩料子②跑的投机。

胜利后混充咱财粮员,
雁过拔毛无其算;
恶狼叼猪儿叼得远,
买田置地白草峪,
还有房院一大串!

地冻三尺把镐抡,
刨不开冬腊③不是春!
为人要为铁杆杆秤,
七两非半斤,
认得你老财认不得亲!

赵家埝斗争胜利日,
谁不翘大拇指!
"好妮子!包公铁面不徇私!"
"快莫夸!莫夸俺灵芝,
全凭毛主席一管尺!"

七月流火天,

---

① 浪人:日本特务流氓。
② 料子:海洛因,当时日本人在占领区内大肆推销的一种毒品。
③ 冬腊:冰疙瘩。

乱世风云十八变，
坏小子尹政破了监，
投敌下了大乐山，
革命遭危难！

犒劳饭，满嘴香，
压惊酒，双手烫，
杜寿增拉尹政上了炕：
"共产党杀了的高富保，
是我的老岳丈。"

大掌柜的算盘二掌柜打，
李凤耆听大舅子的话；
这小子，有两下，
写个黑帖子唰唰唰，
打起黑枪来啪啪啪！

尹政当下一密报，
匪首们拍腿嗷嗷叫，
这可是吉星天降机会到，
快找来罗振兴挂上钩，
如此这般摸进赵家垴……

第三部

绝不能给党抹了黑

山窑内,接关系,
对面站的朱政委。
政委离开已多半日,
灵芝还迟迟不肯回。

往常这山窑不起眼,
今日为甚格外美?
政委的话语有深意,
灵芝越听越欢喜!

"尹灵芝同志,祝贺你,
打从六月十日起,
你爹的岗位你接替,
这一班,要站到底!"

环境险恶形势逼,
一切为对敌;
组织不公开,
入党守秘密,
不宣誓,没仪式,

只能单线接关系……
可这会儿的灵芝呀,
心驰神往理思绪,
想起她爹的书皮皮——

就在那上面,
灵芝头一回见党旗;
旗呀旗,乍见初识忒熟悉!
这张镰,俺认得,
一年要磨它多少回!
刀过粮成堆!
还有俺爹的那柄锤,
成天价热腾腾冒汗气!
打铁当捏泥!

常记得,那时刻,
灵芝就断不了问自己:
世上甚有力?
当然最数镰和锤!
可为甚呀咱工农受人欺?
人生吃穿用,
哪样能不靠赖你?
可为甚咱工农饿肚皮?
谁给咱评理!

旗呀旗,高高举,

领导咱工农团结起,
团结起,排大队,
叫俺也排在末末尾!
工农打江山,
中国谁能敌!
工农坐天下,
人民得利益!
莫忘了,还有全世界穷兄弟!

今日里,见政委,
当的是见了旗!
只听党在说:
满村党员就一个你!
灵芝呀,你要像,你要配!
灵芝心中忙答对:
娘生俺,生身体,
懵懵懂懂落下地;
党教俺,长志气,
依靠群众夺胜利!
放心吧,朱政委,
绝不能给党抹了黑!

甚时候回的家,
自己也记不起。
灵变问姐去了哪里?
为啥一去这多半日?

灵芝却搂住小妹妹,
反问一声"你姐她几岁"?
"看俺姐,真稀奇,"
乐得灵变忙捂嘴,
"俺十三,你十六,
这咋能忘记?"

但见灵芝打趔趄,
俺还不满十八岁!
这事儿组织咋考虑?
为甚一点不提叙?
小灵芝,门前立,
支住下巴颏儿苦思忆,
想来想去记起话一句:
"甚会儿你过生日,
甚会儿满了候补期!"

八月十五明月夜

八月十五明月夜,
坚壁清野的中秋节!
月儿枉自圆,
人间山河缺!
红旗暂别寿阳城,
何时再把你迎接?

灵芝带领众乡亲,

安全转移往后撤,
过州过县到保安,
山庄窝铺暂安歇。
安排好群众的吃、喝、住,
再找区委定决策。

这是谁家老娘娘?
怀抱孙孙声悲咽:
阎锡山,蒋介石,
反革命!做得绝!
人说热土也难离,
老灰鬼们为甚偏作孽!
坑害咱受苦人,
抛家又舍业!

灵芝悄悄走近前,
抱过孩子轻哄拍;
老娘娘忙叫:"好妮子,
你的燎泡可还出血?"

咬牙拔下灵芝的鞋,
细心擦净脚上的血,
灵芝两眼一阵热,
"疼不疼?"
"俺不觉。"
只见风吹月影动,

满头乱丝抖霜雪……

老娘娘望天发长叹:
"过甚节?分明是遭劫!"
听罢此言泪一抹,
灵芝说话情更切:
"眼下敌人凶焰高,
终究灰飞火要灭!
老娘娘,早安憩,多宽解,
明天咱开会再告诉些:
组织劳力回乡去,
抢秋护粮保果实!
——晋察冀的好庄稼,
敌人他颗粒休想掠!"

抬头望青天,
万里银光耀;
一十六个中秋节,
灵芝何曾赏过月!
自小家穷没闲钱,
如今革命忙不迭!
中秋月呵中秋月,
共产党员的一颗心,
比你更皎洁!
比你更皎洁!

虎口夺粮

口粮短,心不安,
逃难的歌儿秋风传:

　　家住寿阳北梁梁,
　　黑雾雾没太阳;
　　阎锡山他压迫咱,
　　不能够回家乡。

　　男人们扛起枪,
　　妇女们也学打仗;
　　打落这满天星,
　　看天亮不天亮?

一声声,揪心肠,
灵芝听罢去找党。

政委说:"上级有主张,
和你的建议一个样:
坐吃山空难久长,
不进虎口夺不了粮!

"一梯队,管收管打场,
二梯队,管运管埋藏。
独立营拨给咱一个班,

民兵们相跟上布好防。
敌来我收工,
敌退我大忙,
要说服群众多熬眼,
人是铁,饭是钢,
有粮心不慌!"

村干部们一合计,
劳力、民兵排了队,
一梯队交拨咱灵芝,
二梯队归了罗四维,
站岗放哨,该打该退,
听咱队伍上指挥。

夜半翻山二十里,
家去走路快如飞;
大步流星到村头——
麻麻亮天气。
一问敌人没驻兵,
妇女们乐得哼小曲,
男人们乐得唱大戏。

磨镰哪用撩清水?
你有汗,他有泪!
这样磨下的镰最利!
自家的庄禾要悄悄割,

倒像是做贼偷东西,
实实的活遭罪!

黑豆豆忽阑①豆叶叶灰,
黄芦心谷子不大点穗,
骂一声,阎锡山,
好年胜景看叫你糟践的!
——就这样也得往回收,
保粮就是保胜利!

这个大秋收得奇——
断断续续二十日!
待到场见了场,地见了地,
粮食多半都坚壁,
谁个不掉一身肉,
谁个不蜕三层皮!
可怜不由人呵,
手脚放慢图瞌睡!

灵芝挑担更挑旗,
打不折的扁担压不弯的眉:
"乡亲们!咱身累心不能累!
秋粮还没吃进嘴,
可不能麻痹!

---

① 忽阑:指地里缺苗断垄的现象。

怕的是敌人来偷袭，
抬上咱的粮食去，
不会多谢你！"

铁钥匙，开大门，
铜钥匙，开躺柜，
话钥匙劝开了打架的眼皮皮，
对！咱闺女在理！
心儿齐，手儿急，
后脚更把前脚催，
恨不能当下扫了尾！
使不上劲的还有谁？
只剩下月牙儿没主意———
空有张银镰算个甚家具！

砰！一声枪响万鸟飞，
满天月光砸了个碎！
哪儿的民兵告了急？
一时该找谁联系？
灵芝忙叫众人先撤退，
独自家打后卫。

群众才走在半道里，
这边"团团"们进了地；
灵芝一闪身，
绕转山嘴嘴。

乱葬岗中急隐蔽,
只待匪兵进眼底;
一个手榴弹飞出去,
轰!这朵花儿开得美!

解放军、民兵齐开枪,
四下里夹攻敌人着了慌,
搂火、抢粮都没顾上,
赔下鞋子七八双!

灵芝一笑甩身走,
见了乡亲们说端详。
大叔大婶们好夸奖,
青年小伙子齐表扬,
还是闺女们心眼儿活,
一道道山泉顺嘴淌:

  敌人进沟咱上梁,
  敌人出水咱歇凉,
  敌人肚皮咕噜噜响,
  咱们的新米喷喷香!
  耽误不下吃,
  耽误不下唱——

  谷子熟,金晃晃,

割了二十天谷，
打了二十天场，
有了它咱人强马又壮！

高粱熟，火苗苗旺，
砍了二十天高粱，
打了二十天场，
越看它越像红缨枪！

玉茭熟，棒棒长，
掰了二十天玉茭，
打了二十天场，
别上它顶个手雷多风光！

扑黑豆，黑豆香，
扑了二十天黑豆，
打了二十天场，
爆下盘铁豆豆叫敌人尝！

闺女们，低声嚷，
搂住灵芝不肯放；
唱吧唱吧咱一起唱，
唱一唱胜利心欢畅！

龙头窊

杜寿增一进赵家垴，

往年的车辙惯熟的道:
先向罗立志叩个头,
后找黄银蝉问声好。

拿的是罗振兴的腔,
爷爷短来爷爷长;
按的是尹政的簧,
一口一声二大娘。

摇一摇拨浪鼓晃一晃脑,
叫一声:长虫们时令到,
饮罢我的续命汤,
逢人你就咬!

旮旮旯旯好日脏!
窸窸窣窣甚在响?
蹄蹄爪爪齐动弹——
僵尸们还了阳。

狼见狼,不会嗥,
老财见老财不吡毛;
为害灵芝兴头儿高,
一拍就合套。

臊狐子,变花样,
假眉三道弯又长;

二大娘安的啥心肠？
杜寿增早就有斤两。

这个设下鬼道道，
不吹风，不动草，
说甚长线钓鱼鱼难逃，
清水里不敢胡圪搅。

那个说话半阴阳，
盼只盼尹尔恭全家没好下场！
本想登台把戏唱，
又怕叫人识破相。

罗家老鬼颠腿儿跑，
四下里盯，四下里瞄，
见了软耳朵上前咬，
见了硬骨头哈腰倒。

亲侄女家隔一道墙，
"野卖药的"睡不香，
"这帮穷鬼忒猖狂，
想起娘家好心伤！"

熟了大秋黄了草，
杜寿增二进赵家垴；
怕露鬼胎束紧袄，

怕见太阳压低帽。

蛇走"之"字狐走梁,
绕圈圈跑的是黄鼠狼;
贼流氓!爬墙上房全在行,
外带绳绳外带枪。

……　……

这一天天晴阳婆好,
公粮正该倒一倒;
翻晒干爽送前方,
同志们吃饱咱也饱。

灵芝和干部们一商量,
人人赞成这好主张;
才推开碌碡扫开场,
不料想李凤蒿合上了网!

复仇队,开路早,
阎匪军一个整营随后到,
驮上些机关炮,
要捉个闺女领犒劳。

众人催灵芝快躲藏,
灵芝却纵身上了房:

"乡亲们,快出庄!
敌人问甚嘴上要站个岗!"

最操心麻地沟一排窑,
埋的有革命的宝中宝;
一万斤小米子三千斤豆——
一万三千声冲锋号!

咱白汗黑汗一身身淌,
才淘下这些金砂子粮;
实无奈寻不下这大的筐,
一担挑上它深山里藏!

结记着公粮心直跳,
公粮比性命更重要!
为坚壁谁们吆过牲口?
为挖窖谁们动过锹镐?

灵芝二遍又回村庄,
推推这家门,敲敲那家窗;
罗立志磨磨蹭蹭蹲路旁,
哼哼着腿胯受了凉。

"你!你少耍花招!
群众回来不轻饶!"
"俺,俺老实改造……"

瞅空子钻了破窑。

为寻粮秣员灵芝跑三趟,
火烧眉毛山压膀;
"野卖药的"眼一亮:
"可在龙头崾?相跟上!"

四外的匪军瞎吵吵,
灵芝转身往西跑;
罗立志盯梢打暗号,
黄银蝉跺脚放声号。

提起龙头崾,不用辨方向,
高富保的地,就在埝畔上。
杜寿增,往前闯,
龇牙咧嘴个红眼狼!

耳听得窑口指名儿叫,
"尹灵芝不出来架柴烧!"
又见粮秣员往外靠,
急忙伸手挡住道:

"敌人捉俺有俺当,
你可要留下保公粮!
你在公粮在,你亡公粮亡,
烂在肚里也不能讲!"

一根皮带七个扣,
甚会儿离过灵芝的腰?
"八路军营长送给俺,
女兵爱刀不爱俏!

"世宽叔,快系上,
这两颗手榴弹有主张;
万一敌人逼迫你,
你呵你,就叫它替你交公粮!"

不出声的风卷不出声的潮,
满窑的人儿把手摇;
不出声的哭伴不出声的叫,
满窑的人儿直跺脚!

"大叔大婶呀莫悲伤,
这会儿该我上!"
满窑的泪蛋蛋带血烫,
烧红了咱灵芝左右膀!

虽说生死未分晓,
凶多吉少早料到;
想想看,还有甚事没移交?
再叮咛,粮秣员呵要记牢:

"拥护党,保护粮,
两桩事如今归一桩!
只等敌人收破网,
你赶快转移送后方!"

面不改色腰不猫,
大步从容出野窑:
"要捉灵芝俺灵芝到,
乡亲们你少煎熬!"

灵芝吊在了槐树上,
罗立志一见发了狂;
心毒手狠三拐杖,
槐树打了个入木的伤!

"野卖药的"家里真热闹,
"团团"们狞笑她赔笑;
温壶烫酒油拌菜,
豆面剔尖尖①吃管饱……

血染葛针路

二十里葛针二十里血,
尹政一路骂不绝:
"死疙瘩难解你命难活,

---

① 剔尖尖:一种汤面。

哥哥我绳绳可不缺!"

"俺只认得你个国民党!
有朝一日吊你上二梁!"
对住狗头抡一棒,
提起他后事尹政不敢想。

走到南垭黑了天,
"团团"们肚饥打呵欠;
刮尽了全村的瓮底面,
牙缝缝不够填!

急忙将灵芝锁进房,
人喊马嘶再去抢粮;
抢来的谷子少人扛,
捉住个青年判了"伪装"。

后生本是别山的鸟,
从小学飞常来这山瞭;
桑宓垭南垭窑对窑,
姜四虎子谁也能认下了。

放下谷子就蹲监狱,
跌进门遇上个大闺女;
灵芝详细问来历,
又原原本本把话提。

十七、十八火气大，
天不怕来地不怕；
才听罢灵芝三句话，
就教她翻墙跌沟绕山岔。

秋风簌簌摇窗户，
"看！可好这窗户不曾糊！
这一带你人生地不熟，
俺可是闭住眼能小跑步。"

说罢替灵芝松了绑，
活脱脱小鸟拍翅膀！
几次三番窗前望，
翻江倒海心头浪！

鸟想飞哩鱼想跃，
前思后想要稳当些！
叫声："先给我软捆着，
莫叫敌人早发觉……

"前半宿警醒后半宿困，
错过了后半宿鸡打鸣；
打熬过三更盼四更，
俺死活要跟反动派拼！"

话音未落土匪吼，
扭开锁子四下里瞅：
"姜四虎子跟我走！
碾谷儿哩，借你个死囚！"

不大工夫就打开了枪，
"跑啦跑啦"的乱骂娘；
又听得门外马踏擂鼓响，
五七八支电棒棒照满炕！

拢一拢头发定一定神，
天知地知不用问；
四虎子说话直愣愣，
这会儿想起还听得真：

"屋上盖的棵大杏树，
杏树下边就是路；
大路小路都莫走，
一跌门底沟他逮不住！"

按住心口怦怦地跳，
手扶窗棂棂摇几摇；
狗娃子不敢咬鸡娃子不敢叫，
单等那满天泼墨的时刻到。

为甚又轰隆隆响个不歇气？

许是谁踩了子母雷!
光着腚的土匪嚷嚷游击队,
一甩绳这正是好时机!

攀住杏树往下跳,
顾不得深浅跌了沟;
白肉碰了个血糊糊,
衣衫扯下些布条条。

告给同志们告给党,
灵芝何惧夜茫茫!
记住咱解放区正东方,
东方红来出太阳!

告给同志们告给党,
灵芝不怕阎罗王!
下了望乡台回家乡,
再把革命干一场!

夜黑沟深步难移,
一炷香工夫能走几里?
四垯里追兵四垯里围,
吼一声东来吼一声西。

傍明停步回头看,
南埕走出才不多远!

肚饥身虚淌血汗,
眼黑天旋地也转……

满世界金星明又灭,
皮带抽身身不觉;
一桶凉水死复回,
谁在吼叫:勒!勒!勒!

二十里葛针二十里血,
杜寿增一旁骂不绝:
"想逃命的共产党你逃不脱,
丢了一股绳绳再拿一股接!"

灵芝咬牙挺直身:
"你豺狼不配猜人心!
共产党不图个人逃甚的命!
俺要活是为的消灭你们!"

不知道!

灵芝二次被逮捕,
押到宗艾支队部,
四十九师一条街上驻;
药①一壶,卤一壶,
长虫、蝎子共一窟。

---

① 药:毒药。

王维俊,叛徒兼特务,
逢人自夸属蝙蝠;
说甚蝙蝠有偏福,
白天消闲打呼噜,
黑间撑了个肚儿鼓。

听说捉住个女八路,
生就的不会哭;
这可叫他动了怒:
"带上来!老子下辛苦!
偏要玩儿她的眼泪珠!"

说罢带人进了屋,
这是谁?浑身上下血糊糊!
是灵芝!不瞅眼神认不出!
千斤的脚镣万斤的步,
站定就是铁打的柱!

"女八路,咱先礼后兵打招呼,
上了奈何桥,不敢再延误;
这桌上摆的生死簿!
惹恼了我王维俊,
对你可没好处!"

话说到此又截住,

换根弦子低八度：
"这是甚？看清楚！
这可不是剃头刀！
一疙瘩一疙瘩我割过人肉！"

刀子一丢当啷响，
一抹脸又卖开了糖葫芦：
"何必哩，为人为个识时务，
马活草料，人活酒肉，
妇人家，谁不想寻下棵摇钱树？

"你就不想串串太原府？
你就不想逛逛大马路？
你就不想镶颗金牙打照相①？
你就不想穿些绸子花洋布？
只要你……嘿嘿，嘿嘿，
管保你消灾减难落个舒服！

"一辈子给共产党当长工，
能有个甚贪图？
实说吧，想当初，
我这个'同志'也下过党员户，
可后来，可后来，

---

① 打照相：照相。山西农民一般都在"照相"一词前面添一个"打"字，包含有拍照和打印两层意思。

老子不干啦,就这么解了雇!"

"呸! 臭尸烂叛徒!"
灵芝两眼火爆照着狗脸唾,
"反动派还能活几天?
扳起爪子快数一数!
眼看你死无葬身处,
咱嫌脏了土!

"有甚手段你使出来,
俺革命到底不含糊!"
王维俊,眼一鼓,眉一竖:
"不吃些硬点心,
怕你嫌饿肚肚!"
一声吆喝狗儿们往上扑……

这当儿送来催斩信,
火上浇油往下读:
前面写的杀灵芝,
后面落款李凤毒,
"好! 你嘴硬,我手毒!
看看谁认输!"

叛徒就指望出叛徒,
别人干净碍着他龌龊;
遇上硬汉他起杀兴,

不过杀瘾他不满足!

戴石锁,挑指甲,烙火柱,
支上砖头骑"老虎"……
豺狼吃人还吐骸骨,
王维俊比豺狼更不如!

十五天,十五宿,
杀人的案卷血写的书:
"不知道!不知道!不知道!"
除过这仨字就没记录!

凤朝阳

星星落,望东方,
东方雾茫茫,
湿了小铁窗。

太阳升,照四方,
四方亮堂堂,
暖了小铁窗。

心火烧,血水荡,
遍体鳞伤又何妨,
摇塌小铁窗……

离了龙头窑离家乡,

离了同志们离了党,
这半月顶半年长!

想公粮,挂肚肠,
世宽叔呵快告俺,
转移可妥当?

想政委,在何方?
这一阵敌情多变化,
开辟新区①有风霜!

想区委,心潮涨,
多少事儿要汇报,
想见见不上!

想二姨,你常讲,
革命哪能没伤亡,
姨姨呀于今莫悲伤!

想灵变,费思量,
你要勇敢要刚强,
姐姐等接岗……

黑沉沉,小牢房,

---

① 当时朱政委已调往八区开辟政权。

那是谁？浴血斜倚墙
——难友赵转妮大娘。

"赵大娘，你快望，
云里可是双凤山？
山里可是咱后方？"

"是哩是哩好闺女，
好名字！山捉对,凤成双，
双双丹凤朝太阳！"

"呵,咱后方,多宽广，
红旗照见红脸膛，
革命同志正奔忙。

"呵,正奔忙,热汗淌，
都为前方打胜仗，
俺也闻见了,胜利的花儿香！

"呵,花儿香,朝太阳，
心如丹凤插翅膀！
大娘俺问你,小曲儿可会唱？"

灵芝颂

宗艾街一排排摆下三挂车，
当铺家独占了财神爷。

大店、小店半开门,
瞭不见瓜皮帽买卖人。

七长八短钉下些甚牌牌?
少说也能割百十副材①。

县衙门捎带上税务局,
十九个乡公所一圪堆。

石板板铺路脚打滑,
乡长老爷们坐了蜡。

一方方玻璃两面面尘,
同志会的特务守不住魂。

打肿脸充胖子四十九师,
活不来几天不得好死!

狗腿子开道筛响锣,
响当当灵芝长街上过。

比一比红火亮堂解放区,
这宗艾镇子越发的灰!

---

① 材:指棺材。

蒋家大狱快塌台,
共产党领导新中国站起来!

灵芝边看边发笑,
狗儿们张嘴不敢叫!

瑞祥寺大庙盖得好,
拴下些军马安下些槽!

戏台正对那请神的宫,
冷古丁铡刀横当中!

尽西头的老槐槐叶儿黄,
咱的人双双树上绑!

老羊倌为革命跑交通,
民兵他杀敌真有种!

十三个自白分子挤一垯,
一口痰淹死它个灰不塌!

步枪、马枪、机关炮,
架住咱众百姓往里靠。

伪师部主任独眼龙,

天灵盖戳了个黑窟窿!

他瞅定咱灵芝灵芝瞅定他,
邪不压正来他害了怕!

乱七八糟喊开会,
屁股一撅祭了青面獠牙旗。

端起那美国枪练刺杀,
咱的人生生地当了活靶!

乱刀捅死了好后生,
老羊倌白胡子血中挺!

乡亲呵乡亲为甚哭?
哭一哭咱的好槐树!

蝎子毒在蝎子尾,
亮晃晃铡刀阎锡山的嘴!

灵芝挺胸往前走,
革命这不算到了头!

条儿布小袄黑布裤,
受苦人谁个不眼熟?

笨布袜子笨布鞋,
受苦人谁个不心爱?

铁丝丝挝下个发卡卡,
受苦人谁个不痛煞!

手巾堵不住喊一句,
"死也要打倒二战区!"

闺女呵闺女你死得刚,
恨不能杀出去劫了法场!

一摔八瓣的揪心泪,
解放军呵你快快地回!

独眼龙按刀下命令,
强逼咱灵芝站立正。

"敌人面前该咋样站,
共产党从小就教过俺!

"耷拉着脑袋并拢腿?
解放区不兴这规矩!"

刽子手烂肺烂心肝,
太行山咋能往地皮下按?!

猛听得一声："给我铡！"
谁心上不挽个血疙瘩！

大海涨潮岸上涌，
敌人一急发了疯。

又吹哨子又打枪，
群众齐撵到了大街上。

满街人转眼都变了灵芝，
万千个灵芝她不曾死！

革命的大路遍全国，
灵芝她和咱一垯里活！

同搞革命同建设，
喊一声灵芝好姐姐！

春风播下灵芝草，
春风灵芝两不老！

灵芝如今撒了个遍，
春风一吹万万年！

扫墓歌

骨留刀痕撑石坟，
字带血渍入碑文；
到此一览众山小，
高低岂能论尺寸！

苍松翠柏守墓门，
万里江山林成荫；
天下好树知多少？
独见这边起风云！

一十七年不柔嫩，
万岁千秋真青春！
八亿心田连墓田，
人民长存你长存！

鞠躬到地心亦沉，
国际悲歌风长吟；
洗手祭酒轻声唤，
五湖四海响回音——

小伴就是红领巾，
姊妹就是娘子军，
社员就是好乡亲，

同志就是公家人……

我在大寨砌黄金，
我在大庆喷芳芬，
我在课堂育青苗，
我在边疆举钢盾……

须防鬼火乱星辰，
须防毒虫蛀树心，
须防鱼目混珍珠，
须防破铜充真金……

要学灵芝深扎根，
树高千丈不忘本；
要学灵芝寸草心，
争报阳光雨露恩……

愿随灵芝扎钢筋，
大厦巍巍耸入云；
愿随灵芝推车轮，
风雷滚滚向前进……

年年扫墓报喜信，
犹恐烈士陵头问；

不信鬼魂有英魂,

留下精神便如神!

    1963—1965 年　初稿于山西寿阳—五台—太原

        1973 年　二稿于山西忻县

      1978 年 2—4 月　定稿于北京

附录

阿　诗　玛①

目　次

《阿诗玛》第二次整理本序言②

一　应该怎样唱呀？

二　在阿着底地方

三　天空闪出一朵花

四　成长

五　说媒

六　抢亲

七　盼望

八　哥哥阿黑回来了

九　马铃响来玉鸟叫

十　比赛

十一　打虎

十二　射箭

十三　回声

---

①　阿诗玛，原为撒尼民间传唱的故事。20世纪50年代叙事长诗的整理者：黄铁、杨知勇、刘绮、公刘。——刘粹　注

②　文见本书《序·跋·评论卷》。——刘粹　注

一　应该怎样唱呀?

破竹成四块,
划竹成八片,
青青的竹子呀,
拿来做口弦①。

口弦轻轻地响,
弹出心里的话,
甜甜的声音呀,
爱它和宝贝一样。

石头脚下蜂盘窝,
酿出蜂蜜甜又香。
可是,我不会盘呀,
我也不会酿。

塘边树草长得旺,
四月布谷唱得忙。
可是,我不会长呀,
我也不会唱。

弯曲的老树难成材,

---

①　口弦是一种长两寸宽五分,中间雕出一小齿的竹片,两端拴有棉线,利用中间小齿的弹动及口形变化,可以弹出不同的声音。由于它所发出的声音与撒尼人语言比较接近,撒尼姑娘便把它作为谈情说爱的工具,用它代替语言传达感情。

好听的调子唱不来,
不会唱的我呀,
偏又轮到我来把口开。

应该唱一个呀,
应该怎样唱呀,
山中的姑娘,
山林中的花!

三岁的小水牛,
四只脚落地,
后脚踏前脚,
跟着妈的脚印走。

爹妈曾经教过,
子孙也曾经听过,
一代一代传下来,
故事越唱越多。

苦荞没有棱,
甜荞三个棱。
撒尼人住在山垒山的地方,
我们爱自己生长的家乡。

我们兄弟呵,
我们郎舅呵,

调子应该怎样唱,
赶快来商量。

应该唱一个呀,
应该怎样唱呀,
山中的姑娘,
山林中的花!

树老不好栽,
青藤人人爱。
会唱的,人家听着说好听。
会说的,人家看见就高兴。

母鸡要下蛋,
怎样理窝呢?
它咯咯地叫唤,
忙得团团打转。

青年人不会喝酒,
喝一口就摇摇晃晃,
他们讲起话来,
就像酒醉一样。

要想诉心中忧愁,
给爹娘听见多害羞!
我唱的没有头尾,没有头尾。

该怎样才说得出情由?

雁鹅不长尾,
伸脚当尾巴。
我虽唱不好,
也要来参加。

应该唱一个呀,
应该怎样唱呀,
山中的姑娘,
山林中的花!

我们弟兄呵,
我们郎舅呵,
河边有树三棵,
问问它该唱个什么歌。

二 在阿着底地方

在撒尼人阿着底地方①,
在阿着底的上边,
有三块地无人种,
三所房子无人烟。

---

① 撒尼是彝族的一个支系。"阿着底",据说即现在的大理县。传说撒尼人原住大理,后迁到昆明碧鸡关,因反抗租佃压迫失败,最后才迁到路南圭山区。

那三块地留给谁种?
要留给相好的人种;
那三所房子留给谁住?
要留给相好的人住。

没吃过的水有三塘,
塘水清又亮。
三塘水留给谁吃?
要留给相好的人尝。

没绕过的树有三丛,
树丛绿茸茸。
三丛树留给谁绕?
要留给相好的人绕。

这相好的人是谁?
格路日明和洛娜。
先请你们听听啊!
这一男一女的情话。

"竹笛拿手中,
用嘴轻轻地吹,
笛声响起来,
绕着圭山飞;
我的心思啊!
应该告诉谁?

"三弦挂胸前,
用手轻轻地弹,
弦声弹起来,
在长湖打转;
我的心思啊!
有谁懂得全?

"斑鸠落在树梢上,
它找见了站处,
我这孤独的小伙子呀!
没有落脚的地方。"

"小伙子啊!不要悲伤,
我愿和你做伴,
鸟儿能找见站处,
你一定有落脚的地方。"

"年轻的小姑娘啊!
你的心像一碗水那样晃荡,
嘴里说着好听的话,
谁知道你的情意怎样?"

"我的情意怎样,
你不要胡思乱想,
你的脚踩向哪方,

我也踩向哪方。

"年轻的小伙子啊!
怕只怕你没拿定主张,
我像刚栽下的菜秧,
你是来浇水还是让它枯黄?"

"天空嵌着一颗星,
荒地长出一朵花,
我就是那颗星,
你就是那朵花,
两个相爱的人,
到底要成一家。

"睡觉同一张床,
吃饭合一个碗,
同走一条路,
同盘一块田。"

格路日明夫妻俩,
绕过树丛穿过塘,
就在这里安了家,
种着山地住着房。

格路日明家,
花开蜜蜂来,

嗡嗡地叫嚷,
忙着把蜜采。

院子里的松树直挺挺,
生下儿子像青松;
场子里的桂花放清香,
生下姑娘像花一样。

阿着底的下边,
住着热布巴拉家,
这家人良心不正,
蚂蚁都不敢进他的门。

热布巴拉家,
有势有钱财,
就是花开蜂不来,
就是有蜜蜂不采。

场子里的树长得格权权,
生下个儿子长不大,
他叫阿支,阿支就是他,
他像猴子,猴子更像他。

三 天空闪出一朵花

格路日明家,
儿子叫阿黑,

他像高山上的青松，
断得弯不得。

圭山的树木青松高，
撒尼小伙子阿黑最好；
万丈青松不怕寒，
勇敢的阿黑吃过虎胆。

大风大雨天，
他砍柴上高山，
石子地上他开荒，
种出的玉米比人壮。

从小爱骑光背马，
不戴鞍子双腿夹，
拉弓如满月，
箭起飞鸟落。

阿黑唱山歌，
画眉飞来和；
阿黑吹笛子，
过路马鹿也停脚。

撒尼人民个个喜欢，
撒尼人民个个赞扬，
勇敢的阿黑呵，

他是撒尼小伙子的榜样。

老鹰落在高山上,
好花开在清水旁,
阿黑的妹妹阿诗玛,
是个可爱的小姑娘。

爹爹身上三分血,
妈妈身上七分血;
妈妈身上藏了十个月,
爹爹身上也藏了十个月。

那一天,天空闪出一朵花,
天空处处现彩霞,
鲜花落在阿着底的上边,
阿诗玛就生下地啦。

撒尼的人民,
一百二十个欢喜,
撒尼的人民,
一百二十个高兴。

没有割脐带的,
去到陆良拿白犁铧,
没有盆来洗,
去到泸西买回家。

泸西出的盆子,
盆边镶着银子,
盆底嵌着金子,
小姑娘赛过金子、银子。

三塘水又清又亮,
三塘水都给了小姑娘,
一个塘里舀三瓢,
洗得小姑娘又白又胖。

脸洗得像月亮白,
身子洗得像鸡蛋白,
手洗得像萝卜白,
脚洗得像白菜白。

小姑娘生下满三天,
哭的声音像弹口弦,
母亲给她梳头发,
头发像落日的影子。

梭子从昆明买,
机架从陆良买,
踏板索从曲靖买,
做成了织布机一台。

祥云的棉花好,
路南的麻线长,
织出一节布,
给小姑娘缝衣裳。

宜良抽红线,
澄江抽黄丝,
织成裹布带,
把小姑娘背起来。

满月那天早晨,
爹说要给我囡请请客人,
妈说要给我囡取个名字,
哥哥说要给我妹热闹一回。

这天,请了九十九桌客①,
坐满了一百二十桌;
客人带来了九十九坛酒,
不够,又加到一百二十坛。

全村杀了九十九头猪,
不够,又增加到一百二十头;
亲友预备了九十九盆面疙瘩饭②,

---

① "九十九""一百二十"都是撒尼人惯用的形容多的数字。
② 把麦子磨成粉后,揉成小疙瘩蒸熟当饭吃。

不够，又加到一百二十盆。

妈妈问客人：
"我家的好囡取个什么名字呢？"
爹爹也问客人：
"我家的好囡取个什么名字呢？"

村中的老人，
齐声来说道：
"小姑娘就叫阿诗玛，
阿诗玛长得像金子一样①。"

可爱的阿诗玛，
名字叫得响；
从此阿诗玛，
名声传四方。

四　成长

小姑娘日长夜大了，
长到三个月，
就会笑了，
笑声就像知了叫一样。
爹爹喜欢了一场，
妈妈喜欢了一场。

---

① 撒尼语，"诗"是金子的意思。

小姑娘日长夜大了，
长到五个月，
就会爬了，
爬得就像耙齿耙地一样。
爹爹喜欢了一场，
妈妈喜欢了一场。

小姑娘日长夜大了，
长到七个月，
就会跑了，
跑得就像麻团滚一样。
爹爹喜欢了一场，
妈妈喜欢了一场。

长到六七岁，
就会坐在门槛上，
帮母亲绕麻线了。
长到八九岁，
就会把网兜背在背上，
拿着镰刀挖苦菜去了。

谁帮爹爹的苦？
谁疼妈妈的苦？
因帮爹爹的苦，
因疼妈妈的苦。

爹爹喜欢了一场。
妈妈喜欢了一场。

小姑娘日长夜大了,
不知不觉长到十岁了,
手上拿镰刀,
麻绳肩上搭,
脚上穿草鞋,
到山坡上割草去了。

谁帮爹爹的苦?
谁疼妈妈的苦?
因帮爹爹的苦,
因疼妈妈的苦。
爹爹喜欢了一场,
妈妈喜欢了一场。

小姑娘日长夜大了,
不知不觉长到十二岁了。
小姑娘走路谁做伴?
水桶就是她的伴;
小姑娘站着谁做伴?
锅灶就是她的伴。

小姑娘日长夜大了,
不知不觉长到十四岁了,

手中拿棍子,
头上戴笠帽,
身上披簑衣,
和小伴放羊去了。

荒山上面放山羊,
荒地上面放绵羊,
风吹草低头,
羊群吃草唰唰响。

大树底下好乘凉,
小伴做活忙,
拼起五彩布,
做成花衣裳。

微风轻轻地吹,
传来松子的香味,
一面做活,一面讲知心话,
个个都夸奖阿诗玛。

"你绣出的花,
鲜艳赛山茶;
你赶的绵羊,
白得像秋天的浮云。

"千万朵山茶,

你是最美的一朵；
千万个撒尼姑娘，
你是最好的一个。"

小姑娘日长夜大了，
不知不觉长到十五岁了，
麻团怀中夹，
麻线机头挂，
母亲来教囡，
教囡来织麻。

织好一段布，
颜色白花花，
像尖刀草一样宽，
像棉布一样密扎。

小姑娘日长夜大了，
不知不觉长到十六岁了，
哥哥扛锄头，
妹妹背粪箩，
脸上汗水流，
兄妹一齐去做活。

哥哥犁地朝前走，
妹妹撒粪播种紧跟上，
泥土翻两旁，

好像野鸭拍翅膀。

荞种撒下土,
七天就生长,
荞叶嫩汪汪,
像飞蛾的翅膀。

玉麦撒下土,
七天就生长,
叶子绿茵茵,
长得牛角样。

小姑娘日长夜大了,
不知不觉长到十七岁了,
绣花包头头上戴,
美丽的姑娘惹人爱;
绣花围腰亮闪闪,
人人看她看花了眼。

床头拿麻团,
墙上拿口弦,
到公房去哟①!
年轻人玩得多喜欢。

---

① 旧俗,撒尼青年从十二岁以后到结婚前都到公房集中住宿。小姑娘住的叫女公房,小伙子住的叫男公房。每晚青年男女可以在公房中唱歌子,吹笛子,弹三弦,拉二胡,尽情欢乐。公房是他们谈情说爱的场所。

公房四方方，
中间烧火塘，
火塘越烧越旺，
歌声越唱越响。

谁把小伙子招进公房？
阿诗玛的歌声最响亮。
谁教小伴织麻缝衣裳？
阿诗玛的手艺最高强。

阿诗玛疼爱小伴，
小伴疼爱阿诗玛，
她离不开小伴，
小伴也离不开她。

阿诗玛呵，
可爱的阿诗玛，
在小伴们身旁，
你像石竹花一样清香。

妈的女儿呵，
爹的女儿呵，
在父母身旁，
你像白花草一样生长。

伸脚随因心,
缩脚随因意,
绣花随因心,
缝衣随因意。

做活随因心,
不做随因意,
任随因的心,
任随因的意。

你喜欢和谁相好,
爹妈不会打扰,
你高兴和谁相爱,
谁也不会阻挠。

"两股水到头要淌在一起,
青松和磕松从不分离。
春夏来播种,秋冬来收获,
会盘田的人我才中意。

"直树不弹线,
弯树弹墨线。
他的心和直树一样直,
我喜欢像直树那样的人。

"跳起舞来好比棉花软,

笛子一吹百鸟团团转,
这样的人我喜欢,
这样的人我疼爱。"

好马不等到放青,
嘶声风传千里。
姑娘长到十七八,
美名传天下。

阿着底地方的青年,
都偷偷地把她爱恋,
没事每天找她三遍,
有事每天找她九遍。

好女家中坐,
双手戴银镯,
镯头叮当响,
站起来四方亮。

阿诗玛的名字,
普天下都传扬;
有名的阿诗玛,
她是个好姑娘。

五　说媒

阿诗玛的美名,

热布巴拉家不出门也听见;
阿诗玛的影子,
热布巴拉家做梦也看见。

热布巴拉一家人,
想给阿支娶亲,
要娶就娶阿诗玛,
娶到阿诗玛才甘心!

热布巴拉家,
商量一天整,
决意去竹园地方,
请海热做媒人。

"阿诗玛的美名人人夸,
阿诗玛应该归我家。
你是普天下的官,
做媒的事要劳你的驾①。"

海热心里愿意,
嘴上假装害怕:
"憨人才当保,
馋人才做媒。

---

① 过去撒尼人中有钱的人家,多半请有权有势的人做媒人,因媒人势力大,对方不好拒绝,或不敢拒绝。

做了媒人呵,
一辈子招人骂!"

热布巴拉把脸一变,
又是拉拢又是责骂:
"麻蛇给了你舌头,
八哥给了你嘴巴,
要跟阿诗玛说亲,
你不出马谁出马?

"只要你给我儿讨来阿诗玛,
我的谢礼大,
金子随你抓,
粮食随你拿,
山羊绵羊随你拉。

"正月初二三,
还到你家来拜年①,
送上猪头、猪脚、甜米酒,
还有鞋一双,帽两顶,
裤子两条衣两件。

"这样的厚礼莫错过,

---

① 这是撒尼人的礼节。新婚夫妇,在第一个春节,要携带猪头、猪脚、酒、衣裳、帽子等礼物到媒人家里拜年酬谢。

这样的媒人值得做,
普天下的官呀,
你就答应了吧!"

好酒灌进肚,
酬劳在后边,
麻蛇的舌头动了,
八哥的嘴张开了,
海热愿做媒人了。

黄老鼠的头算尖了,
海热比它还要尖;
黄蜜蜂算会讲了,
海热比它还会讲。

"阿诗玛的爹妈,
就是一千个不喜欢,
一万个不甘愿,
我也要把他们说转。

"阿诗玛的哥哥,
就是本事再大,
力气再大,
我们也有办法。"

讨厌的猴子下山来,

是为了偷吃庄稼；
讨厌的海热到阿着底来，
是为了劝说阿诗玛。

"玉米熟了，
就该摘下；
阿诗玛大了，
就该出嫁。"

阿诗玛的妈回答：
"甜不过蜂蜜，
亲不过母女，
吃饭离不了盐巴，
女儿离不了妈妈。

"不嫁是自己的囡，
嫁了是人家的囡；
萝卜能够切两块，
我舍不得和女儿分开。"

媒人海热说：
"有囡如朵花，
只得看一下；
有儿饱饿在家里，
有囡再穷再富总要嫁。

"马、牛在一处,
马留下来,牛应该走开;
绵羊、山羊在一处,
绵羊留下来,山羊应该走开。

"鸡、鸭在一处,
鸡留下来,鸭应该走开;
儿子、女儿在一处,
儿子留下来,女儿应该走开。"

格路日明说:
"我的囡不比粮食,
我的囡不是牲口,
粮食、牲口是我的,
卖不卖由我。

"囡是我的,
给不给由我;
不给是自己的囡,
给了就是别家的囡。"

海热说:
"天晚露水出,
下霜鸡要叫;
该给的时候还是要给,
到嫁的时候还是要嫁。

"人家说成的媳妇会变掉,
我们这个不能变;
你要想宽些,
狠狠心就嫁了。"

阿诗玛的爹说:
"我嫁我的囡,
嫁得一瓶酒①,
一瓶酒喝不得一辈子!
留下来的呵,
是那一辈子喝不完的伤心!

"我儿来嫁妹,
嫁得一条牛,
一条牛使不得一辈子,
一辈子成人家的妹了!
留下来的呵,
是那一辈子赶不走的伤心!

"独囡换独牛,
姑娘哭幽幽,
独牛换独女,

---

① 这也是撒尼人的礼节。结婚时,男方家要送给新娘的父亲一瓶酒,送新娘的母亲一蒲箩饭,送新娘的哥哥一条牛,送新娘的嫂嫂一束麻。

独牛叫哞哞,
竹子能够砍两截,
我舍不得把女儿出嫁。"

阿诗玛的妈说:
"我嫁我的因,
嫁得一蒲箩饭,
一蒲箩饭吃不得一辈子,
一辈子成了人家的因了!
留下来的呵,
是那一辈子吃不完的伤心!

"我媳来嫁妹,
嫁得一束麻,
一束麻织不得一辈子,
一辈子成了人家的妹了!
留下来的呵,
是那织不尽的伤心!"

媒人海热说:
"出嫁不单是阿诗玛,
嫁因不单是你一家,
几千几万个小姑娘,
都要离开爹和妈,
几千几万个父母,
都要把亲因嫁。

"你家舍不得阿诗玛,
你家不嫁阿诗玛,
莫非要养到嫂嫂年纪那样大?
莫非要养到妈妈那样白头发?

"山顶上的老树,
好意思一辈子站着;
姑娘长大了,
不好意思在父母身边了。

"独牛好意思关在厩里,
姑娘不好意思待在家里;
姑娘大了不出嫁,
村里人都要耻笑她。

"十七岁的姑娘,
人家来说不给;
二十岁的姑娘,
给人家人家也不要了。"

妈听见这句话,
心里想一想:
妈的女儿呀,
你不嫁不行了。

爹听见这句话，
心里想一想：
爹的女儿呀，
你不嫁不行了。

阿诗玛的妈说：
"嫁是要嫁了，
给是要给了，
要嫁好人家，
不嫁坏人家。

"妈嫁出去的囡呵！
嫁着好人家——
丈夫坐在床沿上，
望着眯眯笑。

"公公坐在堂屋里，
望着眯眯笑；
婆婆坐在灶门前，
望着也眯眯笑。

"妈嫁出去的囡呵！
嫁着坏人家——
公公支使去砍柴，
砍柴不给刀。

"掰柴掰三捆,
一捆是湿柴;
烧完了湿柴呵,
他们还没有讲完闲话。

"妈嫁出去的囡呵!
嫁着坏人家——
婆婆支使去找菜,
找菜不给篮。

"找菜三衣兜,
黄菜一衣兜;
吃完了黄菜呵,
他们还没有讲完闲话。

"妈嫁出去的囡呵!
嫁着坏人家——
公婆支使去挑水,
挑水不给瓢。

"捧水捧三坛,
浑水有一坛;
吃完了浑水呵,
他们还没有说完闲话。

"囡是娘的肉,

因是娘的心,
这样子受苦,
因就不嫁了。"

媒人海热说:
"阿着底下边,
热布巴拉家,
银子搭屋架,
金子做砖瓦。

"左门雕金龙,
右门镶银凤,
门底安车轮,
门槛包黄铜。

"屋里金灿灿,
金银用斗量,
粮食堆满仓,
老鼠有九斤重。

"黄牛遍九山,
水牛遍七山,
山羊遍九林,
绵羊遍七林。

"这样好的人家,

世上哪里找?
这样好的人家,
阿诗玛该嫁了!"

阿诗玛放牛一整天,
十二座山菁都跑遍,
水牛黄牛吃饱了,
阿诗玛回家了。

路边的荞叶,
像飞蛾的翅膀,
长得嫩汪汪,
阿诗玛高兴一场。

阿诗玛像荞叶,
长得嫩汪汪,
只知道高兴,
不知道悲伤。

路边的玉米,
叶子像牛角,
长得油油亮,
阿诗玛高兴一场。

阿诗玛像玉米叶,
长得油油亮,

只知道高兴,
不知道悲伤。

天上的白云彩,
不会变黑云彩,
没有黑云彩,
雨就下不来。

好心的阿诗玛,
从来不把人骂,
要不是听见海热的话,
白光不闪雷不打。

"热布巴拉家,
不是好人家,
栽花引蜜蜂,
蜜蜂不理他。

"不管他家多有钱,
休想迷住我的心,
不管我家怎样穷,
都不嫁给有钱人!

"清水不愿和浑水在一起,
我绝不嫁给热布巴拉家,
绵羊不愿和豺狼做伙伴,

我绝不嫁给热布巴拉家。"

媒人海热说:
"山林里的麂子,
找山涧深的地方躲,
天空的飞鸟,
朝粮食多的地方歇。

"有钱人不嫁,
是不是要嫁给穷人家?
穷人住破房,
你要受冻一辈子!

"嫁给穷人家,
吃了早饭没晚饭,
吃了晚饭愁早饭,
你要挨饿一辈子!"

可爱的阿诗玛,
抬头把话答:
"山上的千年松,
长得直挺挺,
大树不转弯,
好比穷人心。

"穷人知道穷人的苦,

穷人爱听穷人的话,
穷人喜欢的是一样,
受冻受饿我不怕!"

不是黑云不成雨,
不是野兽不吃人,
不是坏人做不出坏事,
不是坏人说不出坏话。

"热布巴拉说的话,
好比石岩压着嫩树芽。
热布巴拉家要娶你,
你不愿嫁也得嫁!"

"不嫁就是不嫁,
九十九个不嫁,
有本事来娶!
有本事来拉!"

六　抢亲

九十九挑肉,
九十九罐酒,
一百二十个伴郎,
一百二十四牲口。

人马像黑云,

地上腾黄尘,
热布巴拉家,
厚脸来抢亲。

没有主人的客,
热布巴拉家也做了;
没有媳妇的喜酒,
热布巴拉家也喝了。

满嘴酒气满嘴油,
媒人说话满场子臭,
"来了客抵得磕了头,
吃了酒抵得赌了咒,
好比几千年前立天地,
嫁不嫁都由不得你!"

狂风卷进屋,
竹篱挡不住;
石岩往下滚,
草房立不稳;
可爱的阿诗玛,
被人往外拉!

"妈的好囡呵,
好囡阿诗玛!
十三月亮小,

十五月亮大,
月亮缺了还会圆,
我们什么时候能团圆?"

好因阿诗玛,
忍住眼泪劝爹妈:
"大雪压青松,
不能压一辈子,
太阳一出雪就化;
大霜压磕松,
不能压一辈子,
太阳一出霜就化。

"热布巴拉家势力大,
不能一辈子压住阿诗玛。
爹呀,
妈呀,
快叫哥哥阿黑回来吧,
快叫哥哥阿黑救妹吧,
只要他赶到,
我就一定能回家!"

七　盼望

阿着底的上边,
没有了阿诗玛,
像春天草木不发芽!

像五月荞子不开花!

玉鸟依然叫,
白云照样飘,
可爱的阿诗玛啊,
爹妈见不着她了!

可怜的爹妈啊!
伤心泪不住地流。
昨天比前天瘦,
今天比昨天瘦!

可怜的爹妈啊!
头发一绺一绺地掉,
昨天比前天少,
今天比昨天少!

"吃水想起我的囡,
想起囡来好伤心;
做活想起我的囡,
想起囡来好伤心。

"堂屋里是囡走处,
屋前是囡玩处;
桌子旁边的小草墩,
是阿诗玛的坐处。

"望见草墩想起囡,
草墩还在这里,
我囡不在啦,
日子好难过!

"天空的玉鸟啊,
替我们传句话:
要阿黑快点回家,
救他的亲妹阿诗玛。"

玉鸟依然叫,
白云照样飘,
可爱的阿诗玛啊,
小伴见不着她了!

放羊想起阿诗玛,
想起阿诗玛来好伤心;
绣花想起阿诗玛,
想起阿诗玛来好伤心!

乘凉的大树依然站着,
阿诗玛不在了;
公房中的火塘依然烧着,
听不到阿诗玛的歌声了!

伤心的眼泪，
星星也不忍看！
怨恨的歌声，
月亮也不忍听！

"三月栽早荞，
四月栽早秧，
七月收早荞，
八月收早稻。

"荞子有成熟的时候，
谷子有结穗的一天，
可爱的阿诗玛啊，
你什么时候回家？

"天空的玉鸟啊，
替我们传句话：
要阿黑快点回家，
救他的亲妹阿诗玛。"

玉鸟依然叫，
白云照样飘，
可爱的阿诗玛啊，
老年人见不着她了！

老年人想起阿诗玛，

又是叹息又是骂:

"万恶的热布巴拉家,

好花他摧残,好女他糟蹋。

"热布巴拉是豺狼心,

阿诗玛绝不能做他家的人,

热布巴拉家是虎牢,

阿诗玛怎能在那里生存!

"天空的玉鸟啊,

替我们传句话:

要阿黑快点回家,

救他的亲妹阿诗玛。"

八　哥哥阿黑回来了

哥哥阿黑啊,

到远远的地方放羊去啦①,

放羊七个月,

还没想到要回家。

别人不去的地方他也去了,

别人不到的地方他也到了,

翻过十二座大山,

---

①　秋季八月以后,圭山区的草木渐渐枯萎,羊儿吃不到鲜嫩的青草,人们便把羊群赶到滇南气候较暖的地方去放,有的远至八九天的路程,一直到下年三四月百草返青的时候才回家。

一直放到大江边。

什么做石岩的伴？
黄栗树做石岩的伴。
什么做阿黑的伴？
笛子做阿黑的伴。

笛子有三节，
烙通七个眼，
一眼对着嘴，
手指来回弹。

五音弹得全，
心事弹不完，
我的亲人呵，
你们有没有听见？

哥哥阿黑呀，
半夜做怪梦，
梦见家中院子被水淹，
大麻蛇盘在堂屋前。

哥哥阿黑呀，
担心出了什么事情，
不分白天和黑夜，
三天三夜就赶回了家门。

阿黑急忙问：
"我家场子里，
酒管像猪牙，
酒瓶像石林，
请客为的什么事，
请的又是什么人？

"我家场子里，
狗抢骨头乱咬架，
根根荞秆滴着油，
请客为的什么事，
请的又是什么人？

"我家场子里，
松毛搭草棚，
栗树叶子满地绿茵茵，
请客为的什么事，
请的又是什么人？

"荞秆垫在牛栏里，
踩的踩，踏的踏，
糟蹋得这样厉害！
糟蹋人的又是哪一家？"

阿诗玛的妈，

哭着把话答:
"妈的好儿呀,
热布巴拉家,
抢走了阿诗玛!"

"抢去几天了?"
"三天三夜了。"
"可还追得着?"
"得力的马追得着。"

"黄脸骡马在不在家?"
"在家。"
"弓箭在不在家?"
"在家。"

听见阿黑回村,
全村人人兴奋,
知道阿黑到家,
一齐跑来叮咛:

"好花离土活不成,
热布巴拉家是火坑,
赶快抢救阿诗玛,
赶快上马飞奔。"

背起了弓和箭,

跳上了黄脸骒马,

铃子敲在马脸上,

阿黑飞赶阿诗玛。

九　马铃响来玉鸟叫

旋风在山林中滚动,

黑云盖满了天空,

一群人架着阿诗玛,

拥向热布巴拉家。

一山更比一山陡,

海热对着阿诗玛夸海口:

"对面石岩像牙齿,

那是他家放神主牌的石头①。"

阿诗玛说:

"今后的事情我不知道,

过去的事情我倒明了,

那是他家埋藏赃物的地方,

你不用嘴尖舌巧。"

山又高,林又密,

海热对着阿诗玛吹牛皮:

---

① 按撒尼人的风俗,家里只供三代祖先的牌位,三代以上的就用木盒装好,放到岩洞中。因此,石岩是他们最尊崇的地方。

"对面塘水亮莹莹,
热布巴拉家在这里洗金银。"

阿诗玛说:
"今后的事情我不知道,
过去的事情我倒明了,
那是他家洗血手的池塘,
你不用嘴尖舌巧。"

过了大山又深涧,
海热一心想把阿诗玛来骗:
"对面山林黑森森,
那是他家摘桃打梨的果木园。"

阿诗玛说:
"今后的事情我不知道,
过去的事情我倒明了,
那是他家养虎豹的山林,
你不用嘴尖舌巧。"

不知走了多少路,
不知翻过多少山,
到了一处可怕的地点,
热布巴拉家就在眼前。

这块地方呵,

也有花朵,
就是花开蜂不来,
有蜜蜂不采。

这块地方呵,
也有森林,
就是豺狼遍山野,
虎豹咬好人。

饿狼见绵羊,
口水往外淌,
阿支看见阿诗玛,
猴子眼睛乱眨巴。

捧出金银一大堆,
对着阿诗玛笑嘻嘻,
指着谷仓和牛羊,
对着阿诗玛摆家当。

金子亮晃晃,
银子白闪闪,
阿诗玛笑也不笑,
阿诗玛瞧也不瞧。

"有名的阿诗玛,
你为什么不愿来我家?

这么大的家当,
你为什么不喜欢它?"

"你家谷子堆成山,
我也不情愿。
你家金银马蹄大,
我也不稀罕。

"我喜欢和谁相好,
别人不能干扰,
我高兴嫁给谁,
你们管不着。"

玉鸟天上叫,
太阳当空照,
阿黑满头汗,
急追猛赶好心焦。

这山蹽到那一山,
两天当作一天赶,
翻过数不清的峰峦,
跳过数不清的深涧。

赶到一个三家村,
遇见一个拾粪的老人:
"拾粪的老大爹,

有没有看见我家阿诗玛?"

"阿诗玛我没有看见,
讨媳妇的倒是过了一党人,
头上缠红云,
身上披黑云,
脚上裹白云。"

"去了几天了?"
"两天两夜了。"
"可还追得着?"
"得力的马就追得着。

"翻过十二大山,
跳过十二大涧,
穿过黑松林,
你就看得见。"

阿黑翻身跳上马,
鞭子打着马嘴巴,
照着老大爹指的方向,
飞赶阿诗玛。

太阳不愿照,
玉鸟绕路飞,
热布巴拉家阴森森,

好人不跨他家门。

阿支恶狠狠地叫嚷:
"好强的姑娘呵,
你要是再不搭理,
就把你爹妈赶出阿着底。"

可爱的阿诗玛站在那里,
像竹子一样直立,
她的眼睛闪着光,
没有半点畏惧。

"钱蒙不了心,
大话吓不了人,
阿着底不属你一家,
那三块地、三间房的主人是我们。"

热布巴拉听见这句话,
气得乱跳像青蛙,
他把阿诗玛推倒,
狠毒地用皮鞭抽打。

"进了我家的门,
就成了我家的人,
不管愿意不愿意,
一定和阿支成婚。"

可爱的阿诗玛,
她还是那句话:
"不嫁就不嫁,
九十九个不嫁。"

晒干了的樱桃辣①,
比不上狠毒的热布巴拉,
他把阿诗玛关进黑牢,
一心想压服山林中的花。

玉鸟天上叫,
太阳当空照,
阿黑满身大汗,
急追猛赶好心焦。

一口气跑了两座山,
两口气跑了五座山,
马嘶震动山林,
四蹄如飞不沾尘。

走到一个两家村,
见着一个放牛的老大妈:
"放牛的老大妈,

---

① 樱桃辣,一种状似樱桃的辣椒,是云南特产,味很辣。

有没有看见我家阿诗玛?"

"阿诗玛我没有看见,
讨媳妇的倒是过了一党人,
头上缠红云,
身上披黑云,
脚上裹白云。"

"去了几天了?"
"一天一夜了。"
"可还追得着?"
"得力的马就追得着。

"再过三十个岭岗,
你可能追得上。
三十个岭岗追不上,
再追到七十个岭岗。

"七十个岭岗追不上,
你再追到九十个岭岗,
黑松林下蜜蜂叫,
你就可能追得上。"

阿黑翻身跳上马,
挥鞭打着马嘴巴,
照着老大妈指的方向,

飞赶阿诗玛。

太阳不愿照,
玉鸟绕路飞,
热布巴拉家阴森森,
阿诗玛正在受苦罪!

"黑牢潮又暗,
太阳照不见,
黑牢闷沉沉,
风也吹不进。

"什么在墙外喊?
像爹妈在呼唤;
爹妈怕是见不到了,
这是蟋蟀在叫同伴。

"什么在墙外闪?
像黄脸骒马在眨眼;
哥哥怕是见不到了,
这是两只萤火虫扑腾向前。"

玉鸟天上叫,
太阳当空照。
阿黑满身大汗,
急追猛赶好心焦。

两天路程一天追,
五天路程两天赶,
只见树林往后飞,
只见山坡朝后退。

走到一个独家村,
见着个放羊的娃娃:
"放绵羊的小兄弟,
有没有看见我家阿诗玛?"

"阿诗玛我没有看见,
讨媳妇的倒是过了一党人,
头上缠红云,
身上披黑云,
脚上裹白云。"

"去了几天了?"
"半下午时间。"
"可还追得着?"
"得力的马就追得着。

"打马七十二下,
就到十二崖子脚,
大喊三声阿诗玛,
你就追上她。"

别人不敢走的地方阿黑敢走,
别人不敢过的山涧阿黑敢过。
马铃响来玉鸟叫,
阿黑来到了热布巴拉住的地方。

阿黑大叫三声:
"阿诗玛!阿诗玛!阿诗玛!"
阿黑的声音像知了,
阿诗玛在黑牢里也听见了。

阿诗玛呀好喜欢,
阿诗玛急忙吹口弦,
口弦阵阵响,
回答哥哥的叫唤。

像山崩地震,
像风啸雷鸣,
阿黑的叫声,
震动了热布巴拉一家人。

十 比赛

阿支关起大铁门,
拦住阿黑不准进。

"小米做成细米饼,

我们比赛讲细话；
谷子做成白米花，
我们比赛讲白话。

"你若唱得赢，
开门让你进；
若是唱不赢，
休想跨进我家门。"

"大路十二条，
小路十三条，
大路随你走，
小路也随你挑。

"我做事不亏理，
定能唱得赢；
你做事理不正，
关不住这道门。"

阿支坐在墙头，
阿黑坐在果树下，
一个急开口，
一个慢回答。

"春天的季鸟，
什么是春季鸟？"

"布谷是春季鸟,
布谷一叫,
青草发芽,
春天就来到。"

"夏天的季鸟,
什么是夏季鸟?"

"叫天子是夏季鸟,
叫天子一叫,
荷花开放,
夏天就来到。"

"秋天的季鸟,
什么是秋季鸟?"

"阳雀是秋季鸟,
阳雀一叫,
大降白霜,
秋天就来到。"

"冬天的季鸟,
什么是冬季鸟?"

"雁鹅是冬季鸟,

雁鹅一叫,
大雪飘飘,
冬天就来到。"

唱了一天另一夜,
阿支脸红脖子大,
越唱越没劲,
声音就像癞蛤蟆。

唱了一天另一夜,
阿黑从容面含笑,
越唱越有神,
声音就像知了叫。

阿支唱得一句不剩,
阿黑又放开了歌声:
"山林果树上的刺,
是什么人来生成?
绵羊山羊的屎,
是什么人来做成?"

阿支唱不过,
阿支答不来,
只得把门开,
把阿黑请进来。

阿黑一进屋，
就喊阿诗玛：
"阿诗玛，阿诗玛，
你在哪里？你快回答。"

热布巴拉赶紧说：
"软石磨斧亮闪闪，
我们比赛去砍树，
比得赢就准你们相见。"

"大路十二条，
小路十三条，
大路随你走，
小路也随你挑。

"我做事理不亏，
哥哥一定能见妹妹；
你们做事理不端，
手拿板斧心打战。"

热布巴拉两父子，
两斧头砍下一小块。
勇敢的阿黑一个人，
一斧头砍下三大块。

热布巴拉砍不过，

心中想出坏主意:
"今天不是砍树天,
各人砍的各人接。"

勇敢的阿黑心中想:
"砍树接树都不怕,
看你还有什么新花样?
看你还有什么鬼办法?"

热布巴拉父子俩,
两人接了一小块。
勇敢的阿黑一个人,
一连接了三大块。

热布巴拉接不过,
心中又打坏主意:
"今天不是接树天,
细米看谁撒得快。"

勇敢的阿黑心中想:
"栽树撒种都不怕,
看你还有什么新花样?
看你还有什么鬼办法?"

热布巴拉两父子,
两人撒了一小块。

勇敢的阿黑一个人，
一口气撒了三大块。

热布巴拉撒不过，
心中又打坏主意：
"今天不是撒种天，
各人撒的各人拾起来。"

勇敢的阿黑心中想：
"撒种拾种都不怕，
看你还有什么新花样？
看你还有什么鬼办法？"

热布巴拉两父子，
两人拾了一小块。
勇敢的阿黑一个人，
一口气拾了三大块。

热布巴拉走过来，
一面假笑一面说：
"一个土塘三颗种，
你拾的细米怎么少三颗？"

"山上的青松，
不怕吹邪风，
三颗细米不难找，

勇敢的阿黑难不倒。"

天黑的时候,
叫天子不叫,
野狗也不咬,
阿黑去把细米找。

走到远远的地方,
天色渐渐亮,
有个老人犁荞地,
犁铧闪银光。

"好心的老大爹,
请你告诉我,
我丢失了三颗细米,
应该到哪里去找?"

犁地老人亲切地回答:
"丢失锄头田里找,
丢失黄牛山上找,
丢失细米要去树上找。

"山上叫三声,
山下叫三声,
山腰有棵树,
三个灰斑鸠把树登。

"两个头朝东,
中间那个头朝西,
射下中间那一个,
细米就在它嗉子里。"

阿黑跑到树脚下,
弓满箭直射得快,
一箭斑鸠落下地,
嗉子里吐出三颗细米来。

十一 打虎

阿黑装起三颗米,
转身奔向热布巴拉家,
哥哥要见独妹子,
阿黑要救阿诗玛。

不叫的黄蜂专叮人,
热布巴拉假殷勤,
嘴上抹蜜糖,
舌尖藏毒针。

话未出口先假笑:
"舅舅你家辛苦了,
今夜楼上睡一觉,
明天你们好赶道。"

热布巴拉家夜里暗商量，
阿诗玛句句都听到，
聪明的姑娘阿诗玛，
拿起口弦来吹三调。

"哥哥阿黑呀，
你知道不知道？
他们比赛比不过，
今晚要放虎害哥哥。"

阿黑吹横笛，
回答阿诗玛：
"妹妹别担心，
弓箭藏在身。"

果然半夜老虎叫，
叫得地动山也跳，
张开口来小锅大，
胡须就像扇子摇。

山区人民常打猎，
打猎能手要数阿黑哥，
豺狼虎豹死他手，
少说也有九百九十九。

三只老虎冲上楼，
阿黑闪过楼梯口，
嗖嗖三箭射过去，
老虎立刻倒下地。

聪明的阿黑呀，
脚踏虎身手撕皮，
虎皮剥一张，
又照样套在虎身上。

脚趾夹着虎尾，
靠在老虎身边，
心里盘算周全，
假装睡得香甜。

热布巴拉父子俩，
一夜不睡等天亮，
早起假意殷勤喊：
"舅舅，请下来洗脸。"

使劲喊一回，
没有人答应，
使劲喊两回，
还是没动静。

使劲喊三回，

依然没回答,
只见楼梯口,
老虎摇尾巴。

热布巴拉家,
一家笑哈哈:
"人已经吃光了,
老虎才摇尾巴。"

话还没说完,
轰隆一声响,
三只老虎滚下楼,
阿黑站在楼口上。

阿支吓得脸发白,
热布巴拉脸发青,
阿支浑身不停地抖,
热布巴拉抖不停:

"舅舅,对不起,
忘了告诉你,
赶快剥虎皮,
虎肉做菜请你吃。"

阿黑说:"你们剥大的,
还是剥小的?"

热布巴拉说:"舅舅为大剥大的,
我们剥小的。"

热布巴拉两父子,
用尽全身的憨力气,
过了一顿饭的时间,
还没有剥下半张皮。

阿黑手提虎尾巴,
左一甩,右一甩,
好像身上脱衣服,
一下子就剥下一张整皮来。

"老虎的毛算多了,
你们的坏主意多过老虎毛,
老虎的肉我不吃了,
救阿诗玛比吃虎肉更重要。"

热布巴拉家两父子,
吓得全身打哆嗦,
万般毒计都用过,
该让妹妹见哥哥。

十二 射箭

阿黑要见阿诗玛,
要带妹妹转回家,

阿黑备马出大门，
回头还不见阿诗玛。

热布巴拉变了卦，
还是不放阿诗玛，
大门紧紧闭，
内外不通话。

阿黑回头射一箭，
一箭射在大门上，
吓坏热布巴拉家，
全家拔箭拔不下。

热布巴拉说：
"阿诗玛呀阿诗玛，
你家的金箭你能拔，
拔下箭来你回家。"

阿诗玛银镯戴手上，
轻轻一拔就拔下，
热布巴拉不甘心，
还是不放阿诗玛。

阿黑射出第二箭，
二箭射在堂屋的柱子上，
吓坏热布巴拉家，

全家拔箭拔不下。

热布巴拉说：
"阿诗玛呀阿诗玛，
你家的金箭你能拔，
拔下箭来你回家。"

阿诗玛耳环亮堂堂，
轻轻一拔就拔下，
热布巴拉不甘心，
还是不放阿诗玛。

阿黑射出第三箭，
正中在堂屋的供桌上，
整个院子都震动，
热布巴拉着了慌。

全家来拔箭，
箭像生了根，
五条牛来拖，
也不见动半分。

所有的办法都用尽，
一箭更比一箭深，
还是请求阿诗玛，
求她快把金箭拔。

"阿诗玛呀阿诗玛,
求你快把金箭拔,
我认输来你家赢,
一定让你转回家。"

阿诗玛耳环亮堂堂,
手上的银镯白花花:
"你有本事做坏事,
就该有本事把箭拔。"

热布巴拉说:
"阿诗玛呀阿诗玛,
你家的金箭听你的话,
只要你拔出这支箭,
一定让你转回家。"

"哥哥射的箭,
妹妹拔得下,
好人轻轻拿,
坏人休想拔。"

阿诗玛喊着哥哥的名字,
拔箭就像摘下一朵花,
热布巴拉把大门打开,
阿黑见到了阿诗玛。

十三　回声

热布巴拉家心不甘,
商量办法来暗算,
眼看阿黑兄妹就回家,
回了家就更没办法。

忽然想起十二崖子脚,
阿黑兄妹一定要走过,
央告崖神想办法,
一定要留住阿诗玛。

十二崖子脚,
本来有一条小河,
崖神发大水,
要把小河变大河。

马铃响来玉鸟叫,
兄妹二人回家乡,
远远离开热布巴拉家,
从此爹妈不忧伤。

松树尖上蜜蜂不停留,
松树根下蜜蜂嗡嗡叫,
远远离开热布巴拉家,
从此爹妈眯眯笑。

哥哥吹笛子，
妹妹弹口弦，
哥哥说话妹高兴，
妹妹说话哥喜欢。

阿黑说："哥哥像一顶帽子，
保护妹妹，盖在妹头上。"
妹妹说："妹妹像一朵菌子，
生在哥哥大树旁。"

走到十二崖子脚，
小河忽然变大河，
洪水滚滚来，
兄妹二人不能过。

哥哥走在前，
妹妹过不了河，
哥哥后面走，
妹妹也过不了河。

哥哥拉着妹妹，
妹妹拉着哥哥，
阿诗玛说：
"不管，我们一起过。"

兄妹两人啊,
不管小河还是大河,
不管水浅还是水深,
都要一起过。

洪水滚滚来,
河上起大波,
阿黑游到河中,
神箭忽然沉落,
可爱的阿诗玛,
从此卷进漩涡。

河水响嗬嗬,
好像妹妹喊哥哥:
"哥哥阿黑啊!
崖神帮凶作恶,
他要你送一对白猪白羊来①,
才能赎回我。"

彝族地区山垒山,
阿黑没到过的地方也到了,
到了十二街子上,
买了一对白羊。

---

① 圭山地区,只有白羊,没有白猪。

彝族地区山垒山，
阿黑没走过的地方也走了。
走遍十二大山，
也找不见白猪的蹄印，
走遍十二大菁，
也看不到白猪的踪影。

彝族地区山垒山，
阿黑没来过的地方也来了，
来到十二县城，
只好把一对黑猪买下。

白羊白晃晃，
黑猪黑黝黝，
把白泥涂在黑猪身上，
给它穿件白衣裳。

哥哥阿黑吆的牲畜白晃晃，
高高兴兴赶到了河边上，
阿着底有名的姑娘啊，
一定可以赎回家乡。

忽然满天起黑云，
四面八方响雷声，
狂风吹破天，
暴雨阵阵紧，

白泥被冲净，
又现出黑猪本身。

崖神心向着热布巴拉，
不向着穷人家；
崖神把白羊收走了，
把黑猪挡在岩子下。

天慢慢放晴了，
大河又变成了小河，
阿黑焦急地高声喊：
"阿诗玛！阿诗玛！阿诗玛！"

十二崖子顶，
有人来回答，
同样的声音：
"阿诗玛！阿诗玛！阿诗玛！"

天生老石崖，
石崖天样大，
天空放红光，
石崖映彩霞。

十二崖子上，
站着一个好姑娘，
她是天空一朵花，

她是可爱的阿诗玛。

可爱的阿诗玛呵,
耳环亮堂堂,
银镯戴手上,
眼睛放亮光:

"勇敢的阿黑哥呵,
天造老石崖,
石崖四角方,
这里就是我的住房。

"日灭我不灭,
云散我不歇,
我的灵魂永不散,
我的声音永不灭。

"从今以后,
我们不能同住一家,
但还是同住一乡,
同住一块地方。

"勇敢的阿黑哥呵,
每天吃饭的时候,
盛着金黄色的玉米饭,
你在山下叫我,

我就在山顶上回答。

"告诉亲爹妈,
每天做活的时候,
不管天晴还是下雨,
不管放羊还是犁地,
不管挑水还是煮饭,
不管绣花还是织麻,
你们来叫我,
我就应声回答。

"告诉我的小伴,
每次出去游玩,
不论端午还是中秋,
不论是六月二十四
还是三月初三①,
吹着清脆的笛子,
弹着悦耳的三弦,
你们来叫我,
我就应声回答。"

从此以后,
阿诗玛变成了回声,

---

① 六月二十四是火把节,是撒尼人最大的节日。三月初三主要是青年的节日,这是青年找寻爱人的好机会。

你怎样喊她,
她就怎样回应。

每天吃饭的时候,
阿黑盛着玉米饭,
对着石崖喊:
"阿诗玛,阿诗玛。"

石崖那边,
阿诗玛住的地方,
也照样回答:
"阿诗玛,阿诗玛。"

爹妈出去做活的时候,
对着石崖喊:
"爹妈的好囡呀,
好囡阿诗玛!"

对面,同样的声音,
回答亲爹妈:
"爹妈的好囡呀,
好囡阿诗玛!"

小伴们出去玩耍,
都要来邀阿诗玛,
他们对着石崖呼唤:

"阿诗玛,阿诗玛!"

对面石崖上,
也传来同样的声音:
"阿诗玛,阿诗玛!"
阿诗玛的呼声遍山林。

电影《孔雀飞来阿佤山》插曲歌词十首

炎炎流火烧红霞

炎炎流火烧红霞,
老天泼血浸我家;
安嘎呀,安嘎呀,苦山洼,
祖祖辈辈住阿佤。
窝沙!

沉沉木鼓把心抓,
当当芒锣耳欲炸;
弩弓啊,弩弓啊,乱箭发,
不许外人碰寨栅!
窝沙!

野火烧山难烧海

野火烧山难烧海,

哟,哟,难烧海!难烧海!

好汉举刀怕举债,

哟,哟,怕举债!怕举债!

世路不平活路窄,

哟,哟,活路窄!活路窄!

空肚空肠空口袋,

哟,哟,空口袋!空口袋!

苦做苦挨多少代,

哟,哟,多少代!多少代!

神鬼为何不禳灾?

哟,哟,不禳灾!不禳灾!……

问 天

呵——呵——
吉祥的孔雀何方来？何方来？
幸福的班色①谁人栽？谁人栽？
封山的云雾怎得开？怎得开？
救苦的菩萨哪去拜？哪去拜？

---

① 班色,花名。

剽牛郎

呃,剽牛郎你英雄汉,
火红的头帕额上缠;
呃,剽牛郎你好大胆,
扑闪的两眼盯谁看?
这火红火红烧心肝,
这扑闪扑闪夜难眠……

三人对唱

艾火龙：多谢甘泉出七窍，
　　　　涌入怀抱饮旱苗……
艾　楚：黄鹂枉自梳羽毛，
　　　　心高无奈陷笼牢；
　　　　不交赎金犯禁条，
　　　　怎下爱河去弄潮?!
叶　梅：藤圈岂经怒火烧？
　　　　蓝天终归任逍遥！

二人重唱

叶　梅:铁臂才是无价宝,
艾火龙:慧眼好似明镜照,
叶　梅:女奴心事他知道,
艾火龙:阿哥情长她知道,
叶　梅:我愿变作护身刀,
艾火龙:我原变作柔藤条,
叶　梅:年年月月把哥保!
艾火龙:日日夜夜将妹绕!

冲天的黄鹂哟

冲天的黄鹂哟,
你枉自梳理羽毛;
心高的姑娘哟,
无奈何身陷笼牢!……
尊贵的窝郎哟,
在安嘎立下禁条;
没钱的少年哟,
怎敢下爱河弄潮?!

阿哥为何行匆匆

哎——吔——
艾火龙！艾火龙！
阿哥为何行匆匆？
马蹄踏踏我心痛！
坝子虽平路不通；
艾火龙！艾火龙！
下山莫忘带弩弓……

人扬眉，马扬鬃，
骑手是英雄艾火龙！
清清醴酒敬三盅，
闪闪红星护前胸；
好比啰，此行叶梅长相送，
伴你速速回家中。

人扬眉，马扬鬃，
骑手是英雄艾火龙！
归来树下重相逢，
婆娑菁树舞葱茏；
好比啰，风抖长发落双肩，
单等阿哥细梳拢……

风吹菁树声飒飒

风吹哎菁树啰声飒飒,
飒飒,飒飒……
我孤身一人倚树下,
谁来,谁来和我说说知心话?

风吹哎菁树啰声飒飒,
飒飒,飒飒……
借你那树梢长枝丫,
暂且,暂且把叶梅的心儿挂!

白天好似我扬筒帕①,
黑夜就当我举火把;
但愿招来菩萨兵,
从此降福到安嘎……

---

① 筒帕,即织花挎包。

吉祥的孔雀北京来

吉祥的孔雀哩北京来,
美丽的班色哩大军栽。
毛主席,阿佤亲,
共产党,阿佤爱,
恩重啰情深哩记心怀!

封山的云雾哩刀劈开,
彤红的太阳哩暖万代。
毛主席,阿佤亲,
共产党,阿佤爱,
甜歌啰引我哩出苦海!

马驮啰春风哩到山寨,
阿佤啰乘风哩上天台。
红旗啰似火哩辟草莱,
结出啰金果哩放光彩!

毛主席,阿佤亲,共产党,阿佤爱;
兄弟啰民族哩同胞胎,
团结啰战斗哩保边塞,
誓作啰南天哩铁盾牌!

1978 年秋　山西忻县

唐诗今译十六首①

送魏大从军

入侵的匈奴还没有被消灭,
当今的魏绛又投身于军戎;
怅然辞别在通往三河的路上,
毅然宣誓要追攀六郡的英雄。

雁门山横亘在代州北面,
飞狐口连接着古城云中;
莫要听任燕然的石壁
老是铭刻窦宪的战功!

[陈子昂]原诗:

  匈奴犹未灭,魏绛复从戎。怅别三河道,言追六郡雄。雁山横代北,狐塞接云中。勿使燕然上,惟留汉将功。

---

① 前七首译作,请参见人民文学出版社1987年1月版《唐诗今译集》。后九首,则系1987年春后,诗人公刘应《唐诗今译集》之编者的一再邀约,新译并于同年9月改定于甘肃金昌的"今译"系列第二组诗稿;然则,当年编者所言之《唐诗今译集·续卷》终未及面世。此组诗录自译作者的手稿。 ——刘粹 注

送朱大入秦

我浪迹天涯的好朋友啊,
您到底决定了要去拜谒王陵。
用什么来给您壮行色呢?
想起了自己有一柄宝剑在身。

终究挨到了必须分手的时候,
请笑纳我解下的这件纪念品。
难道仅仅是价值千金才珍贵吗?
不!它知道至今我依旧豪情凌云!

[孟浩然]原诗:
　　游人王陵去,宝剑值千金。分手脱相赠,平生一片心。

凉州词

远远瞭见那金黄波澜,
竟仿佛流泻自白云之端;
这孤零零的一座边城,
兀自被抛撇在万仞荒原。

您吹奏《折杨柳》的笛管,
其实又何苦叹息哀怨!
打凉州地界再往西走吧,
玉门关外啊更满目萧然。

[王之涣]原诗:
　　黄河远上白云间,一片孤城万仞山。羌笛何须怨杨柳,春风不度玉门关。

出塞（其一）

想必秦卒像我也曾将明月痴看，
想必汉兵像我也曾对边关嗟叹，
家山一别啊已经是迢迢万里，
团圆无望啊都只为连年苦战。

要是卫青和李广今天还立马阵前，
手执干戈的军士们又能个个争先，
上下齐心就成了一座真正的长城，
怎么会让敌人的铁蹄来踏过阴山。

[王昌龄]原诗：

　　秦时明月汉时关，万里长征人未还。但使龙城飞将在，不教胡马度阴山。

前出塞(九首·其六)

拉弓啊应当试一试弓够不够强,
搭箭哩不妨比一比箭够不够长。
要射杀骑兵啊请先瞄准他的马,
要消灭敌军哩就该活捉那酋长。

一仗打下来流血总该有个限量,
建立起国家自然需要划定边疆。
只要能制止无端的侵犯和凌辱,
何必去追求那骇人听闻的杀伤?

[杜甫]原诗:

挽弓当挽强,用箭当用长。射人先射马,擒贼先擒王。杀人亦有限,立国自有疆。苟能制侵凌,岂在多杀伤?

再游玄都观

上百亩方圆的庭院,
竟有一半长满青苔。
那成千株娇艳的碧桃啊,
变作了眼前的兔葵燕麦!

当年制造过繁华的道士,
莫非也化为尘埃?
倒是观赏过花事的刘某,
今天再一次前来。

[刘禹锡]原诗:
　　百亩庭中半是苔,桃花净尽菜花开。种桃道士归何处?前度刘郎今又来!

旅次朔方

寄寓在并州这个异乡,
熬过了漫长的十度秋霜,
可游子的似箭归心哪,
竟无时无刻不射向咸阳。

命运之神偏偏如此乖张,
没来由又抛我渡过桑干河上,
到底何处是自己的家园?
我反倒思念起并州那个地方。

[刘皂]原诗:

客舍并州已十霜,归心日夜忆咸阳。无端更渡桑干水,却望并州是故乡。

登幽州台歌

所有往昔的星座
都已经寂灭了荣耀的辉煌,
一切未来的火焰
还不曾升腾起希望的光芒。
啊,华夏之路,
人类之路,
历史之路,
寥廓、漫长而又渺茫!
孑然一身的我呀,踟蹰复彷徨,
在这不知何所自也不知何所终的旅途中央,
泼自己苦涩的眼泪,
洗自己悲哀的肝肠……

[陈子昂]原诗:
　　前不见古人,后不见来者。念天地之悠悠,独怆然而涕下!

宣州谢朓楼饯别校书叔云

不辞而别的昨日更昨日,每一个昨日不堪挽留!
触目惊心的今天复今天,每一个今天徒添烦忧!

忽闻那清澈如洗的天庭,
雁阵报导金秋,
且上这灌满凉风的高楼,
主客一醉方休。
与典籍并列珍藏仙府的
是您的文章千古不朽,
那铮铮作响的遒劲风骨,
仿佛回到了建安时候。
不才我私下仰望着谢朓的神思,
总窃盼拙作能像他一般的风流。
我愿坦白,阁下和鄙人都怀抱奇志,
豪迈的意志简直能将吾辈送入宇宙,
九重天上的团圞明月算得什么?
不过是铜镜一面何妨揽入袍袖!

可恼这楼前流水,一个劲儿兀自奔流,
无日无夜,无止无休;
即令我抽刀猛斫,也斫不出半点豁口,
徒劳徒劳,依旧依旧。
正像那胸中郁焰,止不住的任性狂烧,
无涯无际,无边无畴;

纵使我举盏频浇,也浇不灭一丝火苗,
悲愤悲愤,忧愁忧愁。
罢了,罢了,既然这辈子
注定不会有舒心的时候,
为什么不解开我被束紧的发髻,
赶明儿撑一只舢板去江湖浪游!

[李白]原诗:

　　弃我去者,昨日之日不可留;乱我心者,今日之日多烦忧。长风万里送秋雁,对此可以酣高楼。蓬莱文章建安骨,中间小谢又清发。俱怀逸兴壮思飞,欲上青天揽明月。抽刀断水水更流,举杯消愁愁更愁。人生在世不称意,明朝散发弄扁舟。

八月十五夜赠张功曹

羽毛似的云絮适才还浮游于天河,
忽而一阵清风荡漾开满眼的金波;
月华接替晚潮漫过宁静的滩涂,
干一杯吧好友,您何不对月高歌?

可声调却这般辛酸歌词又这般悲苦,
没等到听罢我已经止不住泪如雨注:
"茫茫的洞庭莫非要向天地之外逸逃?
山势相仿的九嶷九座高峰像九个问号!
这一带果真是那蛟龙出没之所?
猿猴攀缘鼯鼠腾跃四处哀哀嚎啕。
多少波谲云诡!多少风刁浪恶!
历尽九九八十一难才到达任所;
与其管它叫县衙,不如说它是山陬,
从此我便像隐士躲避着尘世的喧嚣。
这蛇虫盘踞的南方,简直无法下床挪脚,
连饮食也不得随意,须提防有毒的蛊药;
紧粘门窗的就是弥漫着的瘴气,
既燠热、潮湿,又窒闷、腥臊。

突然间有一桩不敢入梦的喜讯普天下宣告,
为迎接圣旨府台明堂前面的大鼓咚咚猛敲:
(悄悄期待的)皇上驾崩了太子登基了,
都说新选拔的执法官贤明胜似夔和皋陶。

想必是写着大赦令的诏书长了双翅,
要不怎么能飞快降临这蛮荒的城池?
人人争说连罪当分尸的也可以免死,
其余的均照原判各个递减一个等次。
贬谪在外的京官能回到长安,
流放异域的也全有指望生还。
多么好啊!经过整饬的文武朝班,
污秽被荡涤一净,宝玉已剔除疵瘢。
然而谁又能料到平地再起波澜,
观察使偏偏扣压了州里上报的名单。
万般无奈还得颠踬着走马上任,
从五岭内外又迁移到荆楚之间!
表面颁布了新委任实际照旧是芝麻官,
此时此刻此情此景怎不教人脸面难堪!
不小心有一天偶然把上司冒犯,
少不了拖将下去挨他几十大板。
干瞅着幸运的难友们一个个踏上归途,
细思量谁不是眼前有门路背后有靠山!
丑恶的官场啊,可怕的权争!
陡如崖,深似渊,狞险当年!"

歇息吧歇息吧,请君听我一曲相和,
唱淡泊唱超脱唱自宽自慰不酸不涩:
"莫辜负这中秋夜占尽了一年月色,
拗不过的命运主宰着您也主宰着我,
哪如举杯开怀痛饮管它日出如何!"

[韩愈]原诗:

纤云四卷天无河,清风吹空月舒波。沙平水息声影绝,一杯相属君当歌。君歌声酸辞正苦,不能听终泪如雨。洞庭连天九嶷高,蛟龙出没猩鼯号。十生九死到官所,幽居默默如藏逃。下床畏蛇食畏药,海气湿蛰熏腥臊。昨者州前槌大鼓,嗣皇继圣登夔皋。赦书一日行千里,罪从大辟皆除死。迁者追回流者还,涤瑕荡垢清朝班。州家申名使家抑,坎坷只得移荆蛮。判司卑官不堪说,未免捶楚尘埃间。同时流辈多上道,天路幽险难追攀。君歌且休听我歌,我歌今与君殊科。一年明月今宵多,人生由命非由他,有酒不饮奈明何。

终南望余雪

依定这京门长安抬头往南观看,
终南山送过来俏丽的半边笑靥;
半山腰上云河凝滞不动,
皑皑峰尖反倒颠荡忽闪。
晚晴的夕照喷射着大片火焰,
将北坡的树梢烧得好不灿烂;
寒意搅拌着夜色沉沉坠落,
多少人正翘首把阳春企盼!

[祖咏]原诗:

　　终南阴岭秀,积雪浮云端。林表明霁色,城中增暮寒。

芙蓉楼送辛渐

整整一宿天地间都悬挂着雨幕,
渐渐涨溢的长江水浸冷了东吴;
蒙蒙亮便赶着前来送您归去,
撇下我和楚山一般形单影孤。
喂,伙计,有句话儿想必是不待叮嘱,
假如,洛阳的亲朋还在叨念某某流徒,
您就照直说了吧:那家伙依然如故,
一颗透明的童心珍藏在无垢的玉壶!

[王昌龄]原诗:

　　寒雨连江夜入吴,平明送客楚山孤。洛阳亲友如相问,一片冰心在玉壶。

寒 食

春之神侍候着万岁爷一道住下,
缤纷的花儿已堆砌出整座京华;
回黄转绿的宫柳刚刚禀报寒食降临,
东风轻薄便跑来将婀娜的娇枝戏狎。
夕照中,九重金銮越发显得孤耸削拔,
烛影摇红,走过了一队队的赐火人马;
在这个全中国只许吃冷饭的日子,
单凭那青烟就能数出有宠臣几家。

[韩翃]原诗:

　　春城无处不飞花,寒食东风御柳斜。日暮汉宫传蜡烛,轻烟散入五侯家。

泊秦淮

透着凉气的涟漪暗涌于雾霭的薄帷之下,
淡月微明,覆盖着滩头岸边的层层银沙;
夜深沉,秦淮河照旧狂歌酣舞,
迎着酒旗我们的小艇不忍再划。
为什么盈耳一片丝竹管弦笑语喧哗?
亡国惨祸于卖笑者兴许是虚声恫吓?
面对着那投鞭足以断流的百万兵马,
醉眼蒙眬竟晃成了《玉树后庭花》。

[杜牧]原诗:

　　烟笼寒水月笼沙,夜泊秦淮近酒家。商女不知亡国恨,隔江犹唱《后庭花》。

隋　宫

痛痛快快地曾经把多半个中国玩遍，
如今索性撤了御林军放手再下江南；
移驾前朕已杀掉一些活得不耐烦的傻瓜，
老实说他们的谏表寡人连看也懒得再看。
神州大地春风扑面权当是休耕农闲，
亿万子民齐忙着把皇家的锦缎裁剪；
若要问这许多财宝派了些什么用场？
一半替骠骑挡泥，一半为楼船扯帆。

[李商隐]原诗：

　　乘兴南游不戒严，九重谁省谏书函。春风举国裁宫锦，半作障泥半作帆。

瑶 池

只因为一桩心事在瑶池埋藏了千百载，
西王母终于禁不住将华美的东窗推开；
那位赫赫穆天子有言在先又何以爽约？
冰雪中仿佛有他吊丧的悲歌重新传来。
连辔四排，由八匹骏马驾驶的金辇安在？
日出日没，哪儿有蹄声拍起三万里尘埃？
莫非周国君祈求长生之心尚欠至诚？
说到底他只好徒然充一具凡人肉胎。

[李商隐]原诗：

　　瑶池阿母绮窗开，黄竹歌声动地哀。八骏日行三万里，穆王何事不重来。